विन्ध्यगाथा

AF762468

आयुष कुमार सिंह

विन्ध्यगाथा

© आयुष कुमार सिंह, 2025

सर्वाधिकार सुरक्षित।

इस पुस्तक में लिखी गई सारी सामग्री लेखक की मौलिक रचना है। इसका कोई भी भाग बिना लेखक की पूर्व अनुमति के किसी भी रूप में पुनः प्रकाशित, संग्रहीत या प्रसारित नहीं किया जा सकता।

घोषणा पत्र

यह पुस्तक एक काल्पनिक रचना है। इसमें वर्णित सभी पात्र, स्थान, घटनाएं, और संवाद लेखक की कल्पना का परिणाम हैं। यदि किसी जीवित या मृत व्यक्ति , समुदाय, संस्था , या स्थान से कोई समानता प्रतीत होती है, तो वह केवल एक संयोग मात्र है। लेखक का उद्देश्य किसी की भावना को आहत करना नहीं है।

आयुष कुमार सिंह

01/10/2025

नई दिल्ली

विन्ध्यगाथा

कथासार

विन्ध्याचल के घने वन और शाश्वत पर्वतों के बीच बसा है विन्ध्यागढ़, एक छोटा सा राज्यमान जहाँ भक्ति, प्रेम और साहस की गूँज हर दिशा में सुनाई देती है।

यहीं जन्मी थी राजकुमारी काश्वी, जिनका हृदय माँ दुर्गा की भक्ति और मानवता के प्रति अपार करुणा से भरा था। उसकी आँखों में चमक थी, पर जीवन की राहें उससे कहती थीं कि प्रेम और स्वतंत्रता पाने के लिए उसे कठिनाइयों से जूझना होगा।

एक दिन उसके जीवन में प्रवेश करता है माधव, एक अनाथ युवक, जिसकी सरलता, पराक्रम और निष्कलंक प्रेम उसकी आत्मा को छू जाता है। लेकिन समाज और नियमों की बंदिशें उन्हें अलग कर देती हैं।

कहानी उनकी संगर्ष, त्याग और भक्ति की यात्रा है। महल की बंदिशों से लेकर विन्ध्याचल के शक्तिपीठ की शरण तक, जहाँ राजकुमारी अपने हृदय की पीड़ा, विश्वास और आशा के साथ माँ विंध्यवासिनी से संवाद करती है।

यह उपन्यास हमें ले जाता है उस रोमांचक, आध्यात्मिक और भावनात्मक यात्रा पर, जहाँ प्रेम और भक्ति मिलकर जीवन को अर्थपूर्ण बनाते हैं, और हर पृष्ठ पर पाठक को यह एहसास होता है कि यह केवल एक कहानी नहीं, बल्कि एक जीवन गाथा है वो स्वयं माँ भवानी द्वारा लिखी गई है।

लेखक: आयुष कुमार सिंह

1: विन्ध्यगढ़

पूर्व दिशा में उगते सूरज की पहली किरण जब विन्ध्याचल पर्वत की चोटी को स्पर्श करती, तो लगता मानो स्वर्णाभा से सजा कोई देवालय धरती पर उतर आया हो। सुनहरी आभा धीरे-धीरे पर्वतमाला के ढलानों पर फैलती, जैसे कोई दिव्य चित्रकार प्रकृति के चित्रपट पर रंग बिखेर रहा हो। नीचे, घने शाल के वनों से ढकी घाटियाँ अभी भी नीले-धुंधले कोहरे में सोई हुई थीं, किन्तु शिखर पर तो दिन का संदेशा आ चुका था। हवा में मंद सुगंध घुली थी। जंगली चमेली, मधुयन्त्री और सर्दियों के खिले कुछ देर से फूलों का मिश्रण, जैसे पुष्पों ने स्वयं को उस राजभूमि की आरती में अर्पित कर दिया हो। पक्षियों का एक मधुर कलरव, जो पहले एकाकी स्वर लगाता था, अब एक सामूहिक स्तोत्र में बदल चुका था, जो प्रभात के आगमन का उत्सव मनाता प्रतीत होता था।

यही था विन्ध्यगढ़, प्राचीन भारत का एक छोटा किन्तु समृद्ध राज्य, जो विन्ध्याचल की गोद में बसा एक ऐसा रत्न था जिसकी चमक दूर-दूर तक फैली हुई थी। इसकी समृद्धि केवल सोने-चाँदी के भंडारों में नहीं, बल्कि यहाँ की उर्वरा भूमि, हरे-भरे वनों और सदानीरा नदियों में थी। यहाँ

के राजा महेंद्र प्रताप सिंहासन पर बैठे एक देवपुरुष की भाँति थे। उनका नाम ही न्याय, पराक्रम और धर्मनिष्ठा का पर्याय बन गया था। उनकी वीरता के किस्से लोकगाथाओं का हिस्सा थे। कहते थे कि एक बार उन्होंने अकेले ही दस डाकुओं से घिरे एक व्यापारी काफिले की रक्षा की थी। किन्तु उनकी वीरता से भी बढ़कर उनकी न्यायप्रियता प्रसिद्ध थी। प्रजा उन्हें पिता समान मानती थी, और वे सचमुच अपने राज्य को परिवार की तरह सँभालते थे। उनके दरबार का द्वार हर गरीब-अमीर के लिए हमेशा खुला रहता, और कोई भी न्याय की आशा लेकर उनके पास पहुँच सकता था।

किन्तु इस समृद्धि और शक्ति के बीच, राजा महेंद्र प्रताप के अपने जीवन में एक गहरा, सूनापन था। एक ऐसा शून्य जो सभी भौतिक ऐश्वर्य के बावजूद हमेशा महसूस होता था। इस शून्य की उत्पत्ति उस दिन हुई थी जब उनकी प्राणप्रिया रानी कौशल्या देवी, राजकुमारी के जन्म के समय ही इस नश्वर संसार को छोड़कर स्वर्गवासी हो गई थीं। रानी कौशल्या केवल एक रानी ही नहीं, बल्कि राज्य की आत्मा थीं। उनकी मधुर वाणी, दीन-दुखियों के प्रति असीम करुणा और राजा के जीवन में वह संतुलन था जो एक शासक को और भी महान बनाता है। उस दिन से राजमहल के शंख, जो प्रतिदिन सुबह-शाम मंगलध्वनि से गूँजा करते थे, मौन हो

गए थे। महल के भव्य कक्षों में हँसी की जगह एक सन्नाटे ने ले ली थी, और राजा के मुख की मुस्कान जैसे किसी पर्वत की गहराई में खो गई थी। वह अब भी न्याय करते, राजकाज संभालते, किन्तु उनकी आँखों में वह चमक, वह जीवंतता गायब थी, जो रानी के होने से उनके अंदर प्रकट हुआ करती थी।

रानी की अंतिम, जीवंत स्मृति के रूप में महल में पल रही थी उनकी पुत्री राजकुमारी काश्वी। नाम ही उसकी छवि को परिभाषित करने के लिए पर्याप्त था– 'काश्वी' यानी चमकती हुई। और वह सचमुच चमकती थी। उसका मुखमंडल पूर्णिमा के चंद्रमा जैसा कोमल और दैवीय था, ठीक चंद्रप्रभा-सा। बड़ी-बड़ी, कजरारी आँखों में एक अद्भुत गहराई और शांति थी, मानो कोई साफ-स्वच्छ झील हो। किंतु उसका व्यक्तित्व उसकी सुंदरता से कहीं अधिक विलक्षण था। वह भक्ति में सागर-सी गहरी थी। कहते हैं वह बचपन से ही माँ दुर्गा की अनन्य उपासिका थी। जब अन्य राजकुमारियाँ गुड़ियों और खिलौनों से खेलतीं, काश्वी की दिलचस्पी मंदिर के शंख, घंटियों और पूजा में होती। वह मंदिर की पुरानी, पत्थर की सीढ़ियों पर बैठकर, अपनी लघु वीणा को झनझनाते हुए मृदुल स्वर में माँ विंध्यवासिनी के भजन गुनगुनाती रहती। विंध्यवासिनी वह देवी जो विन्ध्य पर्वतों में निवास करती हैं।

ये जगदंबा कृष्ण की बड़ी बहन के रूप में विद्‌यमान है, इन्होनें कृष्ण को कंस से बचाया था और ये ही संसार की जननी है, और सबसे गुप्त बात तो ये है कि ये स्वयं कृष्ण है।

काश्वी का पालन-पोषण दाई सुशीला देवी ने किया था, जो उसके लिए माता से बढ़कर थीं। सुशीला देवी स्वयं रानी कौशल्या की विश्वासपात्र थीं और उनकी अनुपस्थिति में वही काश्वी के जीवन की धुरी बन गईं। वे ही उसकी गुरु, उसकी रक्षक और उसकी सखा थीं। सुशीला देवी, जिनके बाल अब धीरे-धीरे पक रहे थे और चेहरे पर जीवन के अनुभवों की झुर्रियाँ थीं, के पास अनंत धैर्य और अथाह स्नेह का भंडार था। वे ही उसे प्रातःकाल ब्रह्ममुहूर्त में उठाकर महल के भीतरी मंदिर में पूजा के लिए ले जातीं, और उसे समझाते हुए कहा करतीं – "बिटिया, जब मन में माँ का नाम बस जाता है, तो कोई दुःख टिक नहीं पाता। यह संसार एक सागर है, और माँ का स्मरण ही एकमात्र ऐसा नौका है जो हर तूफान में सुरक्षित पार लगा देती है।"

और काश्वी ने इन बातों को अपने जीवन का मंत्र बना लिया था। उसके दिन एक दिव्य अनुशासन से सजे हुए थे। प्रातःकाल की पूजा के बाद, वह संस्कृत और दर्शन के अध्ययन में समय बिताती। उसके गुरु, पंडित विश्वंभरनाथ,

उसकी बुद्धिमत्ता और गहन प्रश्नों से अक्सर चकित रह जाते। दोपहर के बाद का समय चित्रकला के लिए निर्धारित था। काश्वी को प्रकृति और देवी-देवताओं के चित्र बनाने का बहुत शौक था। उसके कक्ष की दीवारें उसी के बनाए हुए चित्रों से सजी थीं। जहाँ एक ओर विन्ध्याचल का सूर्योदय था, तो दूसरी ओर माँ दुर्गा की विभिन्न मुद्राएँ। उसकी कूची से निकली हर रेखा में भक्ति की एक अलग ही ऊर्जा प्रवाहित होती दिखती।

राजमहल में उसकी इस भक्ति और दिव्य स्वभाव की चर्चा दूर-दूर तक फैल चुकी थी। लोग उसे 'देवी की साक्षात कृपा' मानते थे। महल के भीतर प्रतिदिन सायंकाल माँ दुर्गा का भव्य आरती समारोह होता, जिसकी तैयारियां दिन भर चलतीं। महल का मुख्य मंदिर इस समय सोने-चाँदी के दीपों, फूलों और धूप-अगरबत्ती की सुगंध से भर जाता। और इस समारोह में स्वयं राजा महेंद्र प्रताप नियमित रूप से सम्मिलित होते। वह एक ओर बैठकर अपनी पुत्री को पूरे भक्तिभाव से आरती में लीन देखते। काश्वी जब आरती के गीत गाती, उसकी आवाज़ में एक ऐसी माधुर्य और आध्यात्मिक तरंग होती कि सुनने वालों के रोंगटे खड़े हो जाते। उन पलों में राजा महेंद्र प्रताप की आँखों में एक अजीब सा चमक उठता वह भावनाओं का एक जटिल मिश्रण

होता। एक ओर अपनी पुत्री पर अथाह गर्व, तो दूसरी ओर रानी कौशल्या की याद का एक तीखा ठहराव। उनके नेत्रों में हर बार एक ही प्रश्न चमक उठता "क्या यही मेरी रानी कौशल्या की छवि है? क्या उसकी यही विरासत है, जो मेरे सामने इस रूप में प्रकट हुई है?"

राजकुमारी के जन्म के साथ जिसने जीवन में एक गहरा शोक पाया था, वही राजा अब अपनी पुत्री में ही पुनः आस्था और जीवन का अर्थ ढूँढ रहा था। काश्वी उनके लिए सिर्फ एक पुत्री ही नहीं, बल्कि एक ऐसा सूत्र थी जो उन्हें रानी से जोड़े हुए थी। कभी-कभी, जब काश्वी कुछ विशेष अवसरों पर रानी के पुराने गहने पहनती, या उनकी तरह ही कोई बात कहती, तो राजा को ऐसा लगता मानो समय कुछ पल के लिए थम सा गया हो। वह उसे देखते रह जाते, और एक ओर जहाँ उनके हृदय में पुत्री के प्रति स्नेह का सागर उमड़ पड़ता, वहीं दूसरी ओर, एक टीस भी उठती उस साथी के बिना जीवन की टीस, जो इस सबको उनके साथ साझा नहीं कर पा रही थी।

विन्ध्यगढ़ की यह भोर, जो प्रतिदिन एक नए उजाले का संदेश लेकर आती थी, केवल एक दिन की शुरुआत नहीं थी। यह उस गाथा की प्रस्तावना थी जो आने वाले समय में प्रेम, भक्ति और नियति के जटिल तंतु बुनने वाली थी। यह गाथा

थी एक ऐसी राजकुमारी की, जिसकी आस्था उसे एक ऐसे मोड़ पर ले जाने वाली थी, जहाँ उसे अपने विश्वास, अपने कर्तव्य और अपने हृदय के बीच चयन करना था। यह गाथा थी एक ऐसे राजा की, जिसने अपना सब कुछ खोकर फिर से पाया था, और अब उसे एक बार फिर उस परीक्षा से गुजरना था। और यह गाथा थी एक ऐसे राज्य की, जिसकी नियति एक युवा राजकुमारी की भक्ति और एक राजा के पितृत्व से अनजाने में जुड़ी हुई थी। सूर्य अब पूरी तरह से उग चुका था, और विन्ध्यगढ़ जागृत हो चुका था। लेकिन इस जागरण में, एक अनकहा इंतज़ार भी था। एक ऐसी कहानी का इंतज़ार, जो अभी लिखी जानी बाकी थी।

2: नई आहट

समय बीतते-बीतते काश्वी किशोरावस्था में प्रवेश कर चुकी थी। बचपन की कोमल रेखाएँ अब यौवन के सुनिश्चित आकारों में ढलने लगी थीं, किन्तु उसकी आँखों में अब भी वही निर्मलता थी जो बचपन में थी, पर अब उनमें एक अनजानी गहराई भी झलकती थी। एक ऐसी गहराई जो केवल प्रश्नों से नहीं, बल्कि अनकहे उत्तरों से भरी हुई थी। उसकी सुबह अब भी माँ दुर्गा की आरती से आरंभ होतीं। प्रातःकाल का समय महल में एक विशेष प्रकार की शांति और आध्यात्मिक ऊर्जा से भर जाता। जैसे ही वह मंदिर की ओर बढ़ती, उसके मृदुल पदचाप भवन में गूँजते, और फिर वे घंटियों की मधुर झंकार, कपूर की सुगंध, दीपक की लौ, और उसकी धीमी, भावपूर्ण प्रार्थना से पूरा महल एक अद्भुत आलोक से आप्लावित हो उठता था। यह केवल एक अनुष्ठान नहीं था; यह महल के पत्थरों में जान फूंकने वाला एक जीवंत अनुभव था।

किशोरावस्था की नाज़ुकता काश्वी के चेहरे पर खिली थी; बचपन की मासूम हँसी अब भी थी, पर उसमें एक नई धार थी कोई अनजानी प्यास, कोई नर्म-स्पर्श जो शब्द में कह नहीं पाता था। उसकी सुबह वही थीं माँ विंध्यावासिनी के

चरणों में अर्चना, दीयों की गर्दन पर उंगलियाँ चलाना, और मंदिर की सीढ़ियों पर बैठकर धीमी-धीमी स्तुति। पर इस बार कुछ अलग था। आँखों के किसी कोने से वह दूर की ओर झाँकती और हँसी के बीच भी कुछ सोच लेती जैसे किसी गीत का अंतिम शब्द अभी रह गया हो।

राजा महेन्द्र प्रताप अपनी पुत्री के प्रति सजग थे। वे न केवल उसके शिक्षक थे, वरन् उसकी हर छोटी-सी बात में चिन्ता जता देते। पर काश्वी की दाई, सुशीला देवी, उसे बचपन से माँ जैसा स्नेह देती रही।

महल का बगीचा काश्वी के लिए भक्ति का दूसरा मंदिर था। यह कोई साधारण उद्यान नहीं था; यह तो रंगों और सुगंधों का एक जीवंत तपोवन था। चमेली, गुलाब, चंपा, और विंध्याचल की घाटियों से लाए गए दुर्लभ पुष्पों की बहार यहाँ हमेशा खिली रहती। काश्वी के लिए हर कली माँ दुर्गा का प्रसाद लगती थी, हर खिला फूल उनकी कृपा का प्रतीक। वह प्रतिदिन सूर्योदय के बाद इस बगीचे में टहलने आती, प्रकृति के इस मंदिर में माँ के दर्शन करती।

वहाँ प्रतिदिन एक वृद्ध माली आता था। महेश दास, जो पीढ़ियों से राजमहल की सेवा में था। उसके चेहरे पर समय की लकीरें थीं, पर हाथ अब भी इतने कुशल थे कि फूलों को छूते ही वे और तरोताजा हो उठते। वह रोज़ सुबह सबसे

ताजे और सुगंधित फूल तोड़ता, फिर ध्यान लगाकर उनकी माला बनाता, जिसे काश्वी सीधे मंदिर में माँ के चरणों में अर्पित करती।

काश्वी हर दिन उससे मुस्कराकर कहती “काका, माँ आज किस फूल की माला से प्रसन्न होंगी?”

यह उनकी दैनिक रस्म थी, एक पवित्र खेल। महेश दास हँसते हुए उत्तर देता “बिटिया, माँ को भाव चाहिए, फूल तो बहाना है। तुम्हारा शुद्ध हृदय ही असली माला है जो उन्हें प्रिय है।”

किन्तु एक सर्द सुबह, कुछ अलग था। हवा में एक असामान्य सी शांति थी। काश्वी बगीचे में पहुँची, पर वह परिचित, स्नेहिल स्वर नहीं सुनाई दिया जो उसका अभिवादन करता। फूलों की ताजी टोकरी पत्थर की चौकी पर रखी थी, पर महेश दास कहीं नजर नहीं आ रहे थे। एक अजीब सी रिक्तता ने उसे घेर लिया। उसने चारों ओर देखा, तभी दाई सुशीला देवी वहाँ आती दिखीं, उनके चेहरे पर हल्की चिंता की रेखाएँ थीं।

काश्वी ने हल्की, अनिश्चित आवाज में पूछा – “दाई माँ, काका आज नहीं आए?”

सुशीलादेवी ने एक गहरी सांस ली और बताया "बिटिया, महेश काका की तबीयत बहुत खराब है। बुखार है, जोड़ों में दर्द है। वृद्धावस्था है, शरीर साथ नहीं दे रहा। आज उनके स्थान पर कोई और फूल देने आएगा।"

काश्वी के मन में एक तरल सी चिंता उमड़ आई। महेश काका उसके जीवन का एक स्थिर, विश्वसनीय हिस्सा थे। उनकी अनुपस्थिति एक अपरिचित असंतुलन पैदा कर रही थी। उसने पूछा, आवाज में और भी धीमी गंभीरता
"कोई और?"

"हाँ बिटिया," सुशीला देवी ने समझाया, "उनका शिष्य है माधव नाम है उसका। वही आज से फूल लाया करेगा, जब तक काका ठीक नहीं हो जाते।"

संध्या की बेला थी। सूरज अस्ताचल की ओर ढल रहा था, और आकाश में सुनहरे और नारंगी रंगों का मेल हो रहा था। मंदिर के प्रांगण में दीपक जलने लगे थे, उनकी मंद, झिलमिलाती रोशनी ने पूरे वातावरण में एक दिव्य आवरण सा बिछा दिया था। काश्वी मंदिर के द्वार पर खड़ी थी, जब उसने पहली बार उसे देखा।

तभी उद्यान के पथ पर एक सरल-सा युवक दिखाई दिया। वह साधारण सूती धोती पहने था, किन्तु उसके वस्त्रों पर लगी मिट्टी और फूलों के रंग के धब्बे एक कलाकार के वस्त्र पर पड़े रंगों-से प्रतीत होते थे। उसका शरीर सुडौल और तंतुमय था, जिसमें कठोर श्रम से पली हुई शक्ति झलक रही थी। किन्तु उसका असली सौंदर्य उसके चेहरे और अवयवों में बसा था। उसका चेहरा गेहुँआ रंग लिए हुए था, जिस पर धूप ने एक सुनहरी चमक बिखेर दी थी। उसकी नाक सीधी और तीक्ष्ण थी, होठ संवेदनशील और हल्के से मुड़े हुए, मानो हमेशा एक कोमल, अव्यक्त मुस्कान छुपाए हुए हों।

पर उसकी आँखें... उसकी आँखें गहरे सरोवर की तरह शांत और गहन थीं। वे बड़ी और कजरारी थीं, और उनमें एक ऐसा असामान्य तेज था। वह तेज जो अंधकार में भी अपना रास्ता खोज लेता हो, जैसे रात के आकाश के तारे। उन आँखों में एक अद्भुत शांति और विचारशीलता झलक रही थी, मानो वह प्रकृति और जीवन के गहन रहस्यों को समझता हो। उसके हाथों में चमेली और गुलाब की बनी एक सुंदर माला थी, और उसके पाँव धूल से सने हुए थे, जो बगीचे तक की लंबी दूरी का साक्ष्य थे। पर उसकी चाल में ऐसी शालीनता, गरिमा और लयबद्धता थी जैसे वह कोई

साधक हो, केवल एक माली का सहायक नहीं, बल्कि प्रकृति का कोई अनुशासित पुजारी।

वह चुपचाप, अपने कदमों की आहट को भी समेटे हुए आगे बढ़ा। उसकी नजरें जमीन पर थीं, एक तरह की गहरी विनम्रता से झुकी हुईं, फिर भी उसके अस्तित्व से एक अदम्य आत्मविश्वास टपक रहा था। उसने माला को मंदिर की दहलीज के पास रखी और हाथ जोड़कर एक गहरा, भावपूर्ण प्रणाम किया, पहले मंदिर के गर्भगृह की ओर, और फिर, एक सहज भाव से, काश्वी की ओर।

उसे देखते ही काश्वी का मन कुछ अटक-सा गया। न सिर्फ़ रूप की आकर्षकता, बल्कि उसकी सम्पूर्ण छवि में व्याप्त उस सहज और पवित्र आभा ने उसके भक्ति-गीत में एक नया सुर भर दिया। युवक ने माला रखी, मृदु स्वर में प्रणाम किया और चला आया। उसका नाम काश्वी को उस क्षण नहीं मालूम हुआ; नाम से ज्यादा उस चेहरे का असर था। एक अनकहा, कोमल, गहरा प्रभाव जो उसके मन के शांत सरोवर में एक लहर की तरह फैल गया।

और तभी, एक अकथनीय घटना घटी। काश्वी का हृदय जैसे एक पल को थम सा गया। एक अजीब सी ऊष्मा उसके गालों पर फैल गई। वह तो रोज़ माला लेती थी, यह कर्मकांड उसके दैनिक जीवन का एक साधारण हिस्सा था, पर आज

उसके मन में कुछ नया, अनजाना और तीव्र कंपन हुआ। यह भय नहीं था, न ही केवल उत्सुकता थी। यह एक ऐसी अनुभूति थी जैसे कोई प्राचीन, भूली हुई धुन अचानक हवा में बज उठी हो। उसने माला उठाई, और एक क्षण के लिए उसकी नजर उस युवक की ओर उठी, जो पहले ही वापस मुड़कर जा रहा था। उसकी पीठ देखकर एक अजीब सी खालीपन महसूस हुई।

रात जब तलक मंदिर की देहरी से लौटी, तो काश्वी दीपक के पास बैठी रही। मद्धम हवा में घंटियों की गूँज, माला की खुशबू और उस अजब-सी हलचल की याद सब मिलकर उसके अंदर अनहोनी-सी गुंज छेड़ रहे थे। पर उसने किसी को कुछ न कहा; काश्वी जानती थी कि महल की बातें दीवारों तक नहीं रह सकतीं। इसलिए उसने अपनी पीड़ा को केवल स्तुति में बदल दिया माँ के चरणों में सब कुछ समर्पित कर दिया।

उस रात काश्वी मंदिर में बैठी देर तक माँ के सम्मुख रही। दीपक की लौ झिलमिला रही थी, उसकी छायाएँ दीवारों पर एक रहस्यमय नृत्य कर रही थीं। उसने माँ की मूर्ति के शांत, करुणामय चेहरे को निहारते हुए मन ही मन पूछा – "माँ, आज मेरे भीतर यह कैसी हलचल है? यह अशांति क्या

है? यह व्यक्ति तो एक अजनबी है, फिर उसके आने-जाने से मेरे मन के शांत सरोवर में यह लहर क्यों उठ रही है?"

माँ की मूर्ति मौन रही, हमेशा की तरह। पर तभी, दीये की लौ एक तेज हवा के झोंके की अनुपस्थिति में भी थरथराई, झिलमिलाई। काश्वी ने देखा, और उसे लगा कि उत्तर भी वहीं था, बस शब्दों में नहीं, अनुभव में, इस कंपन में। यह मौन उत्तर उसे और भी अधिक विचलित कर गया।

दिन ढला तो वही चार सहेलियों तारा कुमारी, विजया और लक्षिका उसी बगिया में इकट्ठा हुईं जहाँ वे अक्सर खेला करतीं। काश्वी के कदम हलके थे पर आँखों में कोई तमतमाहट थी। सखियाँ तुरंत सूँघ गईं कि कुछ नया है। फिर हुआ वही। हँसी, बातें, और उस मीठे-सीने वाले छेड़छाड़ के पल जो किशोरियों के दिलों में गीत बन जाते हैं।

तारा कुमारी ने हँसते हुए कहा, "काश्वी, आज तो तुम बिलकुल सपनों में खोई लग रही हो! क्या किसी राजकुमार ने तुम्हें चुराया?"

काश्वी झट से मुस्कुराई पर लाल हो गई–"तुम लोग! मजाक मत करो।"

विजया,जो समझदार रही है, किंतु शरारत में पीछे न रहती, बोली। “हमने देखा तुम मंदिर से देर से आई थीं। और वह नया माली? कुछ तो बात है, बताओ न।”

लक्षिका ने अपनी आँखें बड़ी कर ली “तुम्हारे गालों पर रंग आया है, क्या किसी ने तुम्हें फूल बाँधे दिए?”

तारा ने हँस कर कहा, “अगर यह मधु की बात है, तो हम तीनों मिलकर उसे परीक्षा में डालेंगे देखते हैं वह कितनी हिम्मत रखता है!”

काश्वी ने झिझकते हुए कहा, “तुम लोग, बस मैं खेल रही हूँ। क्या इतनी जल्दी कोई बात फैलानी?”

विजया ने नीचली आवाज में कहा, “पर राजकुमारी, दिल को चोरी-छुपे क्या गुज़रती है हम समझते हैं। जब भी तुम चाहो, हम यहाँ हैं।”

उनकी बातों में हंसी थी, पर मिठास भी। वे चुपचाप कमल के किनारे बैठीं और पुराने किस्से गुनगुनाईं कभी महल की शादियों की चर्चा, कभी उड़ती तितलियों के पीछे दौड़ना। पर बीच-बीच में वे उसी युवक के बारे में लौटकर पूछती रहीं उसके कदम, उसकी विनम्रता, और उस अजीब-सी शान्ति के बारे में। काश्वी हर बार कुछ कहती और फिर चुप हो जाती;

पर सखियों की बातें उसके दिल की गूँज को और खोलती चली गईं।

अंत में तारा ने साँस भरकर कहा, "चलो कल हम सब मिलकर बगीचे के उस रास्ते पर ऊँघेंगी जहाँ से वह माली आया था। अगर वह फिर आया तो हम उसे देख लेंगे।"

विजया ने सिर हिलाया, "पर सावधानी से महल की आँखें हर तरफ हैं।"

लक्षिका ने धीरे से काश्वी का हाथ पकड़ कर कहा, "हम साथ हैं चाहे कुछ भी हो।"

उस दिन से काश्वी की आँखें अनजाने में, बिना किसी जानबूझ के, उस एक चेहरे को खोजने लगीं। जब भी वह बगीचे में जाती, या मंदिर में प्रवेश करती, उसकी दृष्टि स्वतः ही उस रास्ते पर चली जाती, जहाँ से माधव का आगमन होता था। कभी-कभी वह दूर से उसे फूल चुनते हुए देख लेती उसकी सावधानी, फूलों के प्रति उसका कोमल स्पर्श। वह नहीं जानती थी कि यह सब क्यों हो रहा है। वह नहीं जानती थी कि नियति ने उस साधारण से पल में, उसकी और माधव की जीवन-लीलाओं का पहला सूत्र जोड़ दिया था। एक ऐसा सूत्र जो आने वाले समय में प्रेम, भक्ति और कर्तव्य के जटिल ताने-बाने में बुना जाने वाला था।

उस रात जब वे सब बिछड़ते हैं, काश्वी के हृदय में एक नर्म-सा भरोसा पाल लिया कि राजा की मर्यादा बदल जाएगी, पर शायद नियति की राहों में कभी-कभी स्वर-परिवर्तन आ ही जाता है। और उसी विश्वास के साथ, वह पथ आगे की ओर मुड़ गया।

3: प्रेम का अंकुर

विन्ध्यगढ़ के सूर्योदय अब पहले जैसे नहीं रहे थे। पहले जब सूर्य की किरणें पर्वत शिखर को चूमतीं, तो लगता जैसे स्वयं प्रकृति माँ विंध्यवासिनी की आरती उतार रही हो। अब वही सुनहरी किरणें काश्वी के लिए एक नई आशा, एक अनकही प्रतीक्षा लेकर आतीं। काश्वी जब प्रातः मंदिर जाती, तो उसके कदमों में पहले-सा निश्चल भाव न था–अब हर पग में कोई अदृश्य प्रतीक्षा झलकती थी। वह मंदिर की ओर चलती, पर उसकी दृष्टि बगीचे की ओर भटकती रहती, जहाँ से एक सुगंध और एक छवि उसके मन में बस चुकी थी।

महल के उपवन में मधुर हवा बहती थी, पर उसके भीतर एक और गंध थी। किसी ऐसे नाम की, जो अब उसकी यादों में धीरे-धीरे अंकुरित हो चुका था: माधव। वह नाम अब केवल एक शब्द नहीं, बल्कि उसके हृदय की एक धड़कन बन गया था। जब भी वह उस नाम को मन ही मन दोहराती, उसे लगता जैसे कोई मधुर राग उसके भीतर बज उठा हो।

पहली भेंट के बाद वह अक्सर फूलों की टोकरी लेकर आता, और हर बार काश्वी को ऐसा लगता जैसे समय कुछ पल

ठहर गया हो। वह दूर से ही उसकी मधुर आहट को पहचानने लगी थी। उसके कदमों की ध्वनि न तो भारी थी, न हल्की, बल्कि एक संतुलित लय लिए हुए, जैसे प्रकृति स्वयं चल रही हो। जब वह नज़दीक आता, तो काश्वी का हृदय एक अजीब-सी गति से धड़कने लगता। वह छोटी-छोटी बातों में मुस्कुराती, प्रश्न पूछती कभी माला के रंग पर, कभी किसी दुर्लभ पुष्प के नाम पर।

"माधव, आज यह चमेली इतनी सुगंधित क्यों है?" वह पूछती, जबकि उसका मन कहता 'तुम्हारे आने की सुगंध तो इससे भी अधिक मनमोहक है।'

"शायद बारिश के बाद की ठंडक ने इनके सार को और निखार दिया है, राजकुमारी," माधव विनम्रता से उत्तर देता, अपनी दृष्टि नीची किए हुए।

पर उसके प्रश्नों के पीछे कोई और कारण था। मिलने का एक बहाना, देखने का एक अवसर। हर सवाल एक दरवाजा था जो उसे उसकी ओर थोड़ा और खोलता। हर जवाब एक खिड़की थी जिससे उसे उसकी आत्मा की झलक मिलती।

माधव, जो सरल और विनम्र स्वभाव का था, पहले तो इन बातों को राजकुमारी की सहज कृपा समझता रहा। वह सोचता, एक राजकुमारी का कर्तव्य है कि वह अपने सेवकों

से कृपापूर्ण व्यवहार करे। पर धीरे-धीरे उसने भी अनुभव किया कि इन मिलनों में एक नर्म कंपन छिपा है। एक ऐसा स्पर्श जो शब्दों से परे था। जब वह उसकी आँखों में देखता, तो उसके भीतर एक भय और आनंद का मिश्रण दौड़ जाता; और जब वह दृष्टि झुका लेती, तो लगता जैसे कोई रहस्य अभी-अभी जन्म ले रहा हो। उसने अपने मन को समझाने की कोशिश की 'यह केवल भ्रम है, एक सपना है जो टूट जाएगा।' पर उसका हृदय जो कुछ महसूस कर रहा था, वह भ्रम नहीं, एक सच्चाई थी जो उसके अस्तित्व में रच-बस गई थी।

दिन बीतते गए। कभी वह उपवन में पुष्प तोड़ते समय उसके पास आ जाती, कभी मंदिर की सीढ़ियों पर किसी बहाने रुक जाती। एक दिन जब माधव गुलाब की कलियाँ चुन रहा था, काश्वी वहाँ आ पहुँची।

"क्या तुम्हें लगता है कि यह गुलाब खिलने से पहले ही तोड़ लेना चाहिए?" उसने पूछा।

माधव ने देखा, उसकी आँखों में एक गहरा प्रश्न था। "नहीं, राजकुमारी। हर फूल को खिलने का अवसर मिलना चाहिए। जब तक उसकी पंखुड़ियाँ पूरी तरह न खिल जाएँ, उसकी सुगंध और सौंदर्य पूर्ण नहीं होता।"

"पर कभी-कभी बगीचे का माली जानता है कि किस फूल को कब तोड़ना है," काश्वी ने मुस्कुराते हुए कहा।

माधव ने सिर झुकाया, "पर माली तो केवल सेवक है, राजकुमारी। फूल तो प्रकृति की देन हैं, और प्रकृति से बड़ा कोई माली नहीं।"

दोनों के बीच कुछ साधारण वाक्य ही बोले जाते पर उनके पीछे भावनाओं का समुंदर उमड़ता था। हर शब्द एक अर्थ लिए होता था, हर मौन एक संवाद होता था। वे दो अलग-अलग धाराएँ थीं जो धीरे-धीरे एक ही समुद्र की ओर बह रही थीं।

एक दिन प्रातःकाल जब चारों ओर हल्की धूप फैली थी और गुलाबों पर ओस की बूँदें चमक रहीं थीं, काश्वी ने हिम्मत जुटाई। उस रात उसने सोचा था 'क्यों नहीं? क्यों नहीं मैं उससे वह पूछूँ जो मेरे हृदय में है? क्या राजकुमारी होने का अर्थ यह है कि मैं अपनी भावनाओं को दबा कर रखूँ?'

वह वहीं बगीचे के कोने में पहुँची, जहाँ माधव टोकरी में फूल सजा रहा था। उस स्थान पर चमेली की एक बेल थी जिसकी सुगंध पूरे वातावरण में घुल रही थी। माधव एक पत्थर की चौकी पर बैठा हुआ था, और उसके हाथों में ताजे तोड़े गए

गुलाब और चमेली के फूल थे। वह इतना मग्न था कि उसे काश्वी के आने का आभास तक नहीं हुआ।

काश्वी कुछ क्षण चुपचाप खड़ी रही, उसके हाथों की कुशलता को निहारती रही। फिर धीमे स्वर में बोली "माधव क्या तुम मुझे केवल एक राजकुमारी समझते हो?"

माधव ठिठक गया। हाथों में फूल थम गए। उसने सिर उठाया, और उसकी आँखों में विस्मय और कुछ भय के भाव थे। उसकी आवाज़ काँपती हुई सुनाई दी जब उसने उत्तर दिया "आप तो राजकुमारी हैं, देवतुल्य मैं तो केवल एक सेवक हूँ। मेरा कर्तव्य है कि आपका आदर करूँ।"

काश्वी मुस्कुराई, पर उसकी आँखें कुछ कह रही थीं। वह आँखें जो आमतौर पर इतनी शांत और गंभीर रहती थीं, आज एक अलग ही भाषा बोल रही थीं।

"राजकुमारी होना तो नियति का बंधन है, माधव। यह एक ऐसा आवरण है जो मुझे ओढ़ा दिया गया है। पर हृदय तो सबका एक-सा होता है। उसमें किसी ऊँच-नीच का भेद नहीं। क्या तुम समझते हो कि एक राजकुमारी का हृदय भी उसके महल की तरह पत्थर का बना होता है?"

माधव ने उसकी ओर देखा पहली बार सीधे, बिना डरे, बिना झिझके। उस दृष्टि में विस्मय था, भय था, और एक गहरी

करुणा भी। वह जानता था कि यह बातचीत कितनी खतरनाक है, पर उसकी आँखें उस सच्चाई को नकार नहीं पा रही थीं जो काश्वी की आँखों में साफ झलक रही थी।

उसने काँपती आवाज़ में कहा "राजकुमारी,कृपा कर यह न कहिए। आप जानती हैं कि हम किस समाज में जी रहे हैं। अगर राजा को पता चला तो मुझे प्राणों से हाथ धोना पड़ेगा। आपका स्थान और मेरा स्थान। यह एक ऐसी खाई है जो कभी पाटी नहीं जा सकती। हम दोनों की दुनिया अलग है। आपका आकाश ऊँचा है, और मैं उस ऊँचाई तक कभी नहीं पहुँच सकता। मैं धरती का एक साधारण व्यक्ति हूँ, और आप... आप तो स्वर्ग की देवी के समान हैं।"

काश्वी की आँखों में नमी उतर आई। उसने एक कदम आगे बढ़ाया, और उसकी आवाज़ में एक दृढ़ता थी जो पहले कभी नहीं थी।

"पर क्याप्रेम को कोई ऊँचाई चाहिए, माधव? क्या भावनाएँ किसी सीमा में बँधती हैं? वह तो वही है जो धरती और आकाश को एक साथ बाँध देता है। जब मैं तुम्हारे साथ होती हूँ, तो मुझे लगता है कि मैं स्वयं को पहचान पा रही हूँ। तुम्हारी उपस्थिति में, मैं केवल काश्वी हूँ। एक साधारण स्त्री, एक साधारण हृदय।"

माधव के भीतर तूफ़ान उठ गया। उसका मन दो भागों में बँट गया एक तरफ उसका कर्तव्य था जो उसे चेतावनी दे रहा था, दूसरी तरफ उसका हृदय था जो काश्वी की हर बात से सहमत हो रहा था। वह जानता था कि यह रास्ता खतरों से भरा है, पर काश्वी की आँखों में वह सच्चाई उसे आकर्षित कर रही थी।

"राजकुमारी," उसने दर्द भरी आवाज़ में कहा, "आप जो कह रही हैं, वह सुनने में बहुत सुंदर लगता है। पर हकीकत इतनी सुंदर नहीं होती। मैं एक गरीब माली का शिष्य हूँ। मेरे पास न तो संपत्ति है, न हैसियत है। आपके पिता, महाराज महेंद्र प्रताप, कभी भी इस रिश्ते को स्वीकार नहीं करेंगे। और अगर वे नाराज हुए, तो न सिर्फ मेरा, बल्कि मेरे गुरु महेश दास का भी जीवन संकट में पड़ जाएगा। क्या आप चाहती हैं कि मेरे कारण किसी का जीवन खतरे में पड़े?"

काश्वी ने एक गहरी सांस ली। "मैं किसी को खतरे में नहीं डालना चाहती, माधव। पर क्या तुम समझते हो कि सच्चा प्रेम इन सब बंधनों से ऊपर नहीं होता? मैंने माँ विंध्यवासिनी से प्रार्थना की है, और मुझे विश्वास है कि वह हमारा मार्गदर्शन करेंगी।"

माधव ने सिर झुकाया। वह और क्या कह सकता था? उसके पास कोई उत्तर नहीं था। उसने माला की टोकरी उठाई और

बिना कुछ कहे वहाँ से चला गया। पर उसके कदमों में पहले जैसी दृढ़ता नहीं थी। वह टूटा हुआ, विचलित, और भावनाओं के संघर्ष में फँसा हुआ महसूस कर रहा था।

उस दिन के बाद वह कई दिनों तक नहीं आया। काश्वी उपवन में जाती, पर केवल खाली रास्ते और सूनी कलियाँ मिलतीं। फूलों की टोकरी अब एक अन्य सेवक द्वारा लाई जाती थी। एक वृद्ध व्यक्ति जो बिना कुछ बोले टोकरी रखकर चला जाता था।

पहले दिन काश्वी ने सोचा 'शायद वह किसी काम में व्यस्त है।' दूसरे दिन उसने सोचा 'शायद महेश काका की सेवा में लगा है।' तीसरे दिन जब भी वह माधव को नहीं देख पाई, उसके मन में एक बेचैनी फैलने लगी कभी क्रोध, कभी व्याकुलता, और कभी यह विश्वास कि वह लौटेगा।

वह अपने कक्ष में बैठकर सोचती 'क्या मैंने गलती की? क्या मुझे उससे यह सब नहीं कहना चाहिए था?' पर फिर उसे लगता कि उसने जो कुछ कहा था, वह सच था। उसका हृदय माधव के प्रति जो भाव रखता था, वह किसी भी तरह से झूठा नहीं था।

एक दिन जब वह मंदिर में बैठी प्रार्थना कर रही थी, तो उसकी आँखों से आँसू बह निकले। "माँ," उसने मन ही मन कहा, "क्या प्रेम करना पाप है? क्या एक राजकुमारी का हृदय इतना स्वतंत्र नहीं हो सकता कि वह अपनी भावनाओं को चुन सके? मैंने तो हमेशा तुम्हारी उपासना की है, तुम्हारे प्रति अपना जीवन समर्पित किया है। क्या तुम मेरे इस प्रेम में मेरा साथ नहीं दोगी?"

उसी क्षण, मंदिर का एक दीपक तेजी से झिलमिलाया, मानो कोई उत्तर दे रहा हो। काश्वी ने इसे एक शुभ संकेत माना, और उसके मन में फिर से आशा का संचार हुआ।

राजमहल की दीवारों के भीतर उसका मन अब बंधा नहीं था। वह जानती थी कि उसने कुछ ऐसा महसूस किया है जो जीवन का सबसे सच्चा अनुभव होता है। प्रेम, जो अंकुरित तो हो गया था, पर अब उसे जीवित रखने के लिए साहस की धूप चाहिए थी। और वह साहस अब उसमें जाग रहा था।

वह अपनी सखियों तारा, विजया और लक्ष्मी के सामने भी चुपचाप रहती। वे उसके मन की स्थिति को समझती थीं, पर अब वे इस विषय पर खुलकर बात नहीं करती थीं। वे जानती थीं कि यह कोई हल्का-फुल्का मामला नहीं था। इसमें राजकुमारी का भविष्य दाँव पर लगा हुआ था।

एक शाम जब सभी सखियाँ बगीचे में इकट्ठी हुईं, तारा ने धीरे से कहा, "काश्वी, तुम इन दिनों बहुत चुप रहती हो। क्या सब कुछ ठीक है?"

काश्वी ने एक गहरी सांस ली। "सब कुछ ठीक है, तारा। बस कभी-कभी जीवन हमें ऐसे मोड़ पर ले आता है जहाँ हमें अपने हृदय की सुननी पड़ती है, चाहे वह कितनी भी कठिन क्यों न हो।"

विजया ने समझदारी भरी नज़रों से देखा। "हम तुम्हारे साथ हैं, काश्वी। चाहे जो भी हो, हम तुम्हें अकेला नहीं छोड़ेंगे।"

लक्ष्मी ने उसका हाथ थाम लिया। "तुम्हारा हृदय शुद्ध है, काश्वी। माँ विंध्यवासिनी तुम्हारा मार्गदर्शन करेंगी।"

इन शब्दों ने काश्वी को बल दिया। उसे लगा कि वह अकेली नहीं है।

और यही वह क्षण था जब काश्वी का हृदय पहली बार समझा कि राजकुमारी होना आशीर्वाद नहीं, परीक्षा है। परीक्षा अपने भाव, अपनी मर्यादा, और अपने प्रेम, तीनों को एक साथ संभालने की।

एक रात जब चंद्रमा पूर्ण था और उसकी चाँदनी महल के प्रांगण में फैली हुई थी, काश्वी अपनी बालकनी में खड़ी थी।

उसने आकाश की ओर देखा, और फिर दूर बगीचे की ओर, जहाँ माधव आता था। उसने निश्चय किया कि वह हार नहीं मानेगी। वह माधव से फिर मिलेगी, और इस बार वह उसे समझाएगी कि प्रेम किसी भी बंधन से बड़ा होता है।

पर साथ ही, वह यह भी जानती थी कि उसे सावधान रहना होगा। महल की दीवारों के भीतर हर कोई देख रहा था। सेवक, अधिकारी, और शायद स्वयं राजा भी। उसे एक ऐसा तरीका ढूँढना था जिससे वह माधव से मिल सके, बिना किसी को संदेह हुए।

उसने एक योजना बनाई। अगले दिन, वह दाई सुशीला से कहेगी कि वह महेश दास के स्वास्थ्य के बारे में जानना चाहती है, और उन्हें देखने जाएगी। इस बहाने वह माधव से मिल सकेगी।

जब उसने यह योजना बनाई, तो उसके मन में एक शांति छा गई। वह जानती थी कि यह केवल एक छोटा कदम है, पर यह एक शुरुआत थी। एक ऐसी शुरुआत जो उसे उसके हृदय की इच्छा की ओर ले जा सकती थी।

उस रात काश्वी को नींद नहीं आई। वह अपने भविष्य के बारे में सोचती रही एक ओर उसका प्रेम था, दूसरी ओर उसका कर्तव्य। पर उसे लगता था कि ये दोनों एक-दूसरे के

विरोधी नहीं हैं। अगर उसका प्रेम शुद्ध और निस्वार्थ है, तो वह उसके कर्तव्यों का पालन करने में उसकी सहायता कर सकता है।

जब सुबह हुई, तो काश्वी ने दृढ़ निश्चय किया कि वह अपने हृदय की आवाज़ सुनेंगी, चाहे परिणाम कुछ भी हो। वह जानती थी कि यह मार्ग कठिन होगा, पर उसने माँ विंध्यवासिनी पर विश्वास करना सीख लिया था। और उस विश्वास के साथ, वह एक नए दिन की ओर बढ़ चली एक ऐसा दिन जो उसके जीवन में एक नया अध्याय लिखने वाला था।

4: संघर्ष और विद्रोह

वृद्ध माली महेश दास, जो पीढ़ियों से राजमहल की सेवा कर रहा था, अस्वस्थ पड़ गया था। उम्र के साथ उसके शरीर ने साथ देना कम कर दिया था, और सर्दियों के आगमन ने उसकी तकलीफों को बढ़ा दिया था। जैसा कि काश्वी की योजना थी, उसने महेश दास की देखभाल की अनुमति माँगी। यह एक सहज इच्छा थी। एक वफादार सेवक के प्रति करुणा का भाव। पर उसके भीतर एक और भावना थी वहाँ जाने का एक और कारण। वह जानती थी कि माधव, महेश दास का शिष्य, उसकी देखभाल में लगा हुआ होगा।

राजा महेंद्र प्रताप ने स्नेहवश सहमति दे दी। "तुम्हारा हृदय बहुत उदार है, पुत्री," उन्होंने कहा, "परंतु याद रखना, तुम एक राजकुमारी हो। सेवकों के प्रति करुणा रखो, पर उचित दूरी भी बनाए रखो।"

काश्वी ने सिर झुकाकर उत्तर दिया, "जैसी आपकी आज्ञा, पिताश्री।" पर उसके हृदय में एक तूफान उठ रहा था। वह जानती थी कि वह जो करने जा रही है, वह उचित दूरी का उल्लंघन होगा।

जब वह माली के गृह पहुँची, तो देखा कि वृद्ध अपने खाट पर पड़ा है, और उसकी सेवा करने वाला वही युवक था माधव। महेश दास का घर एक साधारण सी झोपड़ी थी, जिसकी दीवारें मिट्टी की थीं और छत फूस की। पर उस दिन वह झोपड़ी काश्वी के लिए किसी महल से कम नहीं लग रही थी।

माधव के हाथों में औषधि थी, चेहरे पर थकान, पर आँखों में वही मधुर ज्योति, जो पहली बार देखने पर ही काश्वी के हृदय में अंकुरित हुई थी। वह महेश दास को धीरे से औषधि पिला रहा था, और उसके स्पर्श में इतनी कोमलता थी कि काश्वी का हृदय द्रवित हो उठा।

काश्वी ने धीमे स्वर में पूछा, “महेश काका अब कैसे हैं?”

माधव ने सिर झुकाकर कहा, “अभी सुधार है, राजकुमारी। माता विंध्यवासिनी की कृपा से शीघ्र ठीक हो जाएँगे।”

उनके चारों ओर दो सेवक और थे जो महेश दास की देखभाल में सहायता कर रहे थे। काश्वी ने मुस्कराते हुए कहा, “तुम लोग बाहर जाकर ताज़ा जल और कुछ औषधि ले आओ, मुझे कुछ देर काका के पास रहना है।”

सेवक नतमस्तक हुए और बाहर चले गए। अब केवल दो आत्माएँ और एक मौन वातावरण रह गया। महेश दास गहरी नींद में सो रहे थे, इसलिए वह इस संवाद के साक्षी नहीं थे।

माधव ने नज़र झुकाई। "राजकुमारी, आप यहाँ क्यों आयीं? आपको इस झोपड़ी में देखकर भय होता है। यदि किसी ने देख लिया तो। आपकी और मेरी दोनों की प्रतिष्ठा दाँव पर लगी है।"

काश्वी ने बीच में कहा, "डरते क्यों हो माधव? मैं किसी नियम को तोड़ने नहीं, एक सत्य को समझने आई हूँ। क्या प्रेम अपराध है? क्या एक स्त्री का अपने हृदय की आवाज़ सुनना पाप है?"

माधव के होंठ काँपे। उसने कहा, "अपराध नहीं, राजकुमारी, पर इस जग में यह पाप मान लिया गया है। राजा को यदि पता चला, तो मेरा जीवन विनष्ट हो जाएगा। मैने आपको पहले ही बता दिया था।"

काश्वी कुछ क्षण मौन रही, फिर बोली "तो चलो, हम पिता से ही पूछ लेते हैं। यदि वे स्वीकृति देंगे तो तुम्हें कोई भय नहीं रहेगा। मैं उनके सामने सच रखूँगी, और यह कहूँगी कि मेरा हृदय तुम्हारे लिए धड़कता है।"

माधव ने धीरे से कहा, "यदि उनके हृदय में स्थान होता, तो शायद मैं महल के द्वार तक पहुँच भी पाता। पर राजकुमारी, वास्तविकता इसके विपरीत है। राजा महेंद्र प्रताप अपनी प्रतिष्ठा और कुल की मर्यादा को सर्वोपरि रखते हैं। मुझे क्षमा कीजिए। अब आप यहाँ न आएँ। हमें दोनों को ही इस अग्नि से बचना चाहिए।"

काश्वी की आँखों में आँसू छलक उठे। "माधव क्या तुम्हारे मन में मेरे लिए कुछ नहीं? क्या तुम्हारी दृष्टि में एक साधारण स्त्री की तरह कोई स्थान रखती हूँ?"

माधव ने उत्तर नहीं दिया, पर उसकी दृष्टि सब कह गई। वह प्रेम से भरी थी, परंतु बंधनों में जकड़ी हुई। उसकी आँखों में एक गहरा दर्द था, एक ऐसा संघर्ष जो शब्दों से परे था।

काश्वी ने धीरे से कहा, "तुम्हारे मौन में ही उत्तर है, माधव। पर यदि समाज प्रेम को कैद करना चाहता है, तो मैं मौन नहीं रहूँगी। मैं इस सत्य को छिपाऊँगी नहीं।"

वह उठी, महेश दास के सिर पर स्नेह से हाथ रखा, और महल की ओर बढ़ गई। माधव ने उसकी ओर देखा उसकी आँखों में भय था, और मन में अग्नि। वह जानता था कि अब कुछ घटित होने वाला है, और वह उसे रोक नहीं सकता था।

उस संध्या काश्वी राजमहल लौटी, और सीधे राजसभा में पहुँची। राजसभा का कक्ष विशाल था, जिसकी दीवारों पर प्राचीन योद्धाओं और देवताओं के चित्र उकेरे हुए थे। राजा महेंद्र प्रताप वहीं बैठे थे, राजकाज में लीन। उनके चेहरे पर गंभीरता थी, और उनकी आँखों में राज्य के प्रति समर्पण का भाव झलक रहा था।

काश्वी ने गहरी सांस लेकर कहा, “पिताश्री, मुझे आपसे एक सत्य कहना है।”

राजा ने सिर उठाया। “क्या बात है, पुत्री? तुम इतनी गंभीर क्यों हो?”

“पिताश्री,” उसने दृढ़ स्वर में कहा, “मैंने अपने हृदय में किसी के लिए स्नेह अनुभव किया है। माधव नामक युवक के लिए।”

राजा ने सिर उठाया उनकी दृष्टि में आश्चर्य और क्रोध दोनों थे। “क्या कहा तुमने?” उनकी आवाज़ राजमहल की दीवारों से टकराई। “एक दासपुत्र के लिए तुम्हारे मन में प्रेम? काश्वी, यह हमारे कुल का अपमान है! तुम्हें यह भूल जाना चाहिए।”

काश्वी के आँसू उसके दृढ़ स्वर में बदल गए। “पिताश्री, प्रेम जाति या कुल नहीं देखता। वह तो वही दैवी ज्योति है जो माँ विंध्यवासिनी के चरणों से बहती है। माधव एक साधारण युवक है, पर उसका हृदय शुद्ध है, और उसके विचार उच्च हैं। क्या यह पर्याप्त नहीं है?”

राजा गरज उठे, “अब बस! तुम्हें इस विषय पर फिर कोई शब्द कहने की अनुमति नहीं। तुम एक राजकुमारी हो, और तुम्हारा विवाह एक राजपरिवार में होगा। यदि तुमने उस युवक से संबंध रखा तो तुम मेरी पुत्री नहीं रहोगी।”

काश्वी ने प्रणाम किया, पर उसके अधरों पर मौन की आग थी। वह धीरे से बोली, “आप जो चाहें कहें, पर मैं अपने हृदय से विश्वासघात नहीं कर सकती। यदि राजकुमारी होने का अर्थ है अपनी भावनाओं को दबाना, तो मैं इस पद को त्यागने के लिए तैयार हूँ।”

यह सुनकर राजा का क्रोध और भी भड़क उठा। “तुम्हें अपने शब्दों पर पश्चाताप होगा, पुत्री। अब तुम अपने कक्ष में जाओ, और इस विषय पर फिर कभी चर्चा मत करना।”

काश्वी ने एक बार फिर प्रणाम किया, और राजसभा से बाहर निकल आई। उसके हृदय में एक अजीब सी शांति थी। उसने सच कह दिया था, और अब वह परिणाम के लिए तैयार थी।

उस रात काश्वी मंदिर पहुँची। मंदिर का वातावरण शांत और पवित्र था। माँ विंध्यवासिनी की मूर्ति के सामने दीपक जल रहा था, और उसकी लौ में एक दिव्य ज्योति झिलमिला रही थी। काश्वी ने आँसुओं से भीगी आँखों से मूर्ति की ओर देखते हुए कहा।

"माँ क्या प्रेम भी पाप है? क्या एक स्त्री का अपने हृदय की आवाज़ सुनना गलत है? यदि यह भावना तुम्हारी दी हुई है, तो मैं उसे त्याग नहीं सकती। मुझे मार्ग दिखाओ। मुझे बताओ कि मैं क्या करूँ।"

दीपक की लौ डगमगाई, जैसे किसी अदृश्य हाथ ने उसे स्पर्श किया हो। काश्वी ने इसे एक संकेत माना। उसने प्रण लिया "मैं अब इस महल की दीवारों के भीतर नहीं रह सकती। जहाँ बंधन प्रेम को श्वास लेने से रोकें, वहाँ रहना अधर्म है। मैं आज ही इस महल को छोड़कर जाऊँगी।"

उसने मंदिर में ही रात बिताने का निश्चय किया। वह माँ की मूर्ति के सामने बैठकर ध्यानमग्न हो गई। उसके मन में अनेक विचार आ रहे थे–पिता का क्रोध, माधव का भय, और अपना भविष्य। पर इन सबके बीच, उसे एक आंतरिक शक्ति का अनुभव हो रहा था। वह जानती थी कि वह सही मार्ग पर है।

अगले ही दिन भोर में, जब पूरा महल निद्रा में था, काश्वी ने चुपचाप अपने गहने उतारे, साधारण वस्त्र पहने और द्वार की ओर बढ़ी। उसने एक छोटा सा बंडल बनाया, जिसमें केवल कुछ आवश्यक वस्तुएँ थीं। वह जानती थी कि अब उसका जीवन सादगी और सत्य की खोज में बीतेगा।

वह चली महल से दूर, नगर से परे, वन के उस मार्ग पर जहाँ पेड़ों की छाँव और झरनों की सरगम थी। उसके कदम दृढ़ थे, और उसके हृदय में एक अदम्य साहस था। वह जानती थी कि यह मार्ग कठिन होगा, पर उसे अपने निर्णय पर कोई पश्चाताप नहीं था।

चलते-चलते जब काश्वी के पाँव थककर चुभने लगे और साँसें फूलने लगीं, तो अचानक घने वन के बीच एक प्राचीन मंदिर के शिखर ने उसे राह दिखाई। वह शिखर इतना ऊँचा था मानो स्वयं आकाश से बातें कर रहा हो, और उस पर 'विंध्यवासिनी माता' का नाम अंकित था। मंदिर की दीवारें समय के थपेड़ों से जीर्ण-शीर्ण हो चुकी थीं, पर उनमें एक अद्भुत दिव्य आभा विद्यमान थी। ऐसा लग रहा था मानो स्वयं माँ की कृपा ने इन पत्थरों को अमरत्व प्रदान कर दिया हो।

काश्वी ने श्रद्धापूर्वक मंदिर में प्रवेश किया और मूर्ति के सामने खड़े होकर हाथ जोड़े "माँ, यदि संसार ने मुझे ठुकराया है, तो क्या तुम्हारी गोद मुझे स्वीकार करेगी? क्या तुम मेरे इस संघर्ष में मेरा साथ दोगी?"

तभी अचानक मंदिर की घंटी बिना किसी स्पर्श के स्वयं ही बज उठी, और उसकी मधुर ध्वनि ने पूरे वातावरण को पवित्र कर दिया। काश्वी ने इसे माँ का आशीर्वाद समझा और उसके हृदय में एक अद्भुत शांति छा गई। माँ तो है ही करुणसिंधु, जिसे संसार ने ठुकराया है, तो उसकी माँ के सिवा और है ही कौन।

जैसे ही वह मंदिर के आँगन में ध्यानमग्न बैठी, उसे लगा मानो माँ विंध्यवासिनी स्वयं उसके समक्ष प्रकट हुई हैं और कह रही हैं "डरो मत, पुत्री। तुम्हारा साहस और तुम्हारा प्रेम तुम्हें विजयी बनाएगा।"

इस दिव्य अनुभूति के बाद काश्वी ने निश्चय किया कि वह इसी मंदिर में रहकर माँ की सेवा करेगी। पर उसे क्या पता था कि यह कोई साधारण मंदिर नहीं, बल्कि वही पौराणिक स्थल है जहाँ माँ विंध्यवासिनी ने अपने अष्टभुजा स्वरूप में कंस को दर्शन देकर भगवान श्री कृष्ण की रक्षा की थी। यह वही पावन भूमि थी जहाँ माँ अपने भक्तों के समक्ष पूर्ण रूप में विराजमान होती हैं।

काश्वी को इस बात का अनुमान नहीं था कि मंदिर के पीछे एक गुफा में महर्षि अद्‌वैतानंद तपस्या में लीन हैं। वे सैकड़ों वर्षों से इसी स्थान पर रहकर माँ की उपासना कर रहे थे। जब काश्वी मंदिर पहुँची, तो महर्षि की ध्यानावस्था टूटी और उन्होंने अपनी दिव्य दृष्टि से सब कुछ जान लिया। वे जानते थे कि यह विन्ध्यगढ़ की राजकुमारी है, परंतु उन्होंने तुरंत कुछ नहीं कहा।

जब काश्वी ने महर्षि के दर्शन किए और उनसे शरण माँगी, तो उनके चेहरे पर करुणा की रेखाएँ खिल उठीं। महर्षि बोले "बेटी, यह स्थान सदैव सत्य के मार्ग पर चलने वालों के लिए खुला है। तुमने जो साहस दिखाया है, वह साधारण नहीं है। तुम यहाँ निश्चिंत होकर रह सकती हो।"

उस दिन से काश्वी ने महर्षि अद्‌वैतानंद के मार्गदर्शन में विंध्यवासिनी माता की भक्ति में अपना जीवन समर्पित कर दिया। उसे विश्वास था कि एक दिन न केवल माधव, बल्कि संपूर्ण विंध्यगढ़ उसके इस निर्णय की सार्थकता को समझेगा।

और इस प्रकार काश्वी के जीवन का वह अध्याय आरंभ हुआ जो प्रेम, साहस और आस्था की अमर गाथा कहता है। एक ऐसी गाथा जो भविष्य में विंध्यगढ़ की नींव हिला देने वाली थी।

5: चंडीपाठ

विंध्याचल के घने वनों के बीच स्थित प्राचीन मंदिर में सन्नाटा छाया हुआ था। मंदिर की दीवारों पर उकेरी गई देवी-देवताओं की मूर्तियाँ समय के साथ धुँधली पड़ गई थीं, पर उनमें अब भी एक दिव्य आभा विद्‍यमान थी। राजकुमारी काश्वी, नहीं अब तपस्विनी काश्वी, मंदिर के गर्भगृह में अष्ट भुजा धारणी विंध्यवासिनी माता की मूर्ति के सामने ध्यानमग्न बैठी थी।

एक महीना बीत चुका था पर उसके मन का तूफान थमने का नाम नहीं ले रहा था। राजमहल के सुख-साम्राज्य का त्याग, पिता महेंद्र प्रताप की कठोरता, और माधव के प्रति अपने प्रेम की व्यथा, ये सभी भावनाएँ उसके मन में उठती-गिरती रहती थीं। भले ही उसने माता के चरणों में शरण ले ली थी, पर भीतर की शांति अभी भी दूर थी।

सायंकाल का समय था। मंदिर की सीढ़ियों पर बैठी काश्वी दूर विंध्याचल पर्वतमाला को निहार रही थी। सूर्यास्त की लालिमा पर्वतों पर एक अलौकिक छटा बिखेर रही थी। तभी पीछे से एक मृदु वाणी गूँजी: "बेटी, यह मौन तुम्हें भीतर से तोड़ रहा है। तुम्हें केवल भक्ति नहीं, समझ भी चाहिए।"

काश्वी ने पलटकर देखा। एक वृद्ध ब्राह्मण खड़े थे जिनके मुखमंडल से एक अद्भुत तेज प्रवाहित हो रहा था। उनकी आँखों में अनंत गहराई थी और चेहरे पर करुणा की रेखाएँ थीं। वे महर्षि अद्वैतानंद थे।

"महर्षि!" काश्वी ने श्रद्धापूर्वक प्रणाम किया।

महर्षि ने स्नेह से कहा, "मैं जानता हूँ तुम्हारे हृदय की पीड़ा, पर जानो, यह पीड़ा ही साधना की सीढ़ी है। मैं तुम्हें एक कथा सुनाता हूँ, जो केवल देवी की कथा नहीं, बल्कि मन की कथा है और मन से कैसे लड़ना है इसका समाधान भी इसी में छिपा हुआ है।"

मंदिर के एक कोने में, एक वट वृक्ष के नीचे, महर्षि अद्वैतानंद विराजमान हुए। उनके ठीक सामने, श्रद्धा से मस्तक झुकाए, काश्वी बैठी थीं।

महर्षि ने अपनी शांत आवाज में कहा, "वत्से काश्वी, आज मैं तुम्हें वह पावन कथा सुनाऊंगा जो समस्त मनोविकारों का नाश करने वाली है। पर इससे पहले, तुम्हें राजा सुरथ और समाधि वैश्य की कहानी जान लेनी चाहिए।"

"एक बार की बात है, राजा सुरथ एक युद्ध में पराजित हो गए। उनका सारा राज्य छिन गया, उनके अपने ही उन्हें छोड़कर चले गए। फिर भी, उनका मन अपने खोए हुए

राज्य, अपने महल, अपने घोड़ों की चिंता में लगा रहा। उन्हें यह समझ नहीं आ रहा था कि जो राज्य और सम्पत्ति अब उनकी है ही नहीं, उसके लिए उनका मन इतना आकुल क्यों है। उसी समय, एक वैश्य थे - समाधि। उनका सारा धन-सम्पत्ति लूटकर, उनके बेटे-बीवी ने उन्हें निकाल दिया था। फिर भी, उन्हें अपने धन की कोई चिंता नहीं थी।वे हमेशा अपने परिवार की चिंता में लीं रहते, वे इस बात से हैरान थे कि इतना सब कुछ खो देने के बाद भी उनके मन में वैराग्य क्यों नहीं आ रहा?

दोनों ने ऋषि मेघा के आश्रम में आश्रय लिया था। महर्षि मेघा के प्रताप से ही वहां के हर पशु पक्षी को परम तत्व का ज्ञान था वे दोनों चिंतित थे कि उन्हें अब तक ज्ञान क्यों प्राप्त नहीं हुआ।

तब वे अपनी-अपनी व्यथा लेकर महर्षि मेधा के पास पहुँचे। महर्षि ने उन्हें समझाया - 'हे वत्स! यह सब महामाया का प्रभाव है। यही महामाया सम्पूर्ण जगत को आवृत किए हुए है और प्राणियों को बंधन में डालती है। यही जब प्रसन्न होती है, तब मुक्ति भी प्रदान करती है।' फिर महर्षि मेधा ने उन्हें देवी महात्म्य की वह पावन कथा सुनाई, जो आज मैं तुम्हें सुनाने जा रहा हूँ।"

महर्षि ने गंभीर स्वर में कथा आरंभ की:

"वत्से काश्वी, सृष्टि के आरम्भ में जब प्रलय का जल सम्पूर्ण ब्रह्माण्ड में व्याप्त था, तब भगवान विष्णु शेषनाग की शय्या पर योगनिद्रा में लीन थे। उस दिव्य निद्रा में वे सम्पूर्ण सृष्टि को अपने भीतर समेटे हुए थे।

"तभी एक अद्भुत घटना घटी। भगवान विष्णु के कानों की मैल से दो महाबली असुर प्रकट हुए, मधु और कैटभ। वे इतने पराक्रमी थे कि उनके तेज से सम्पूर्ण जलमग्न ब्रह्माण्ड काँप उठा।

उस समय ब्रह्मा जी कमल के आसन पर विराजमान थे। उन्होंने देखा कि दोनों असुर उन पर आक्रमण करने के लिए आगे बढ़ रहे हैं। भयभीत ब्रह्मा जी ने देखा कि रक्षक विष्णु तो गहरी निद्रा में हैं।

तब ब्रह्मा जी ने उसी निद्रारूपिणी देवी से प्रार्थना की।

"हेदेवी! आप शिवस्वरूपा हैं, शान्तिस्वरूपा हैं, आपको नमस्कार है। हे महादेवि! आप सबकी आश्रयदात्री हैं। हे विष्णु की निद्रास्वरूपिणी, वरदायिनी, सुरपूजिते! आपको नमस्कार है। इस जगत की चेतना आप ही हैं, आप ही परमेश्वरी हैं।"

ब्रह्मा जी की स्तुति से प्रसन्न होकर देवी प्रकट हुईं। उनका रूप अत्यंत दिव्य और तेजोमय था। उन्होंने ब्रह्मा जी को

आश्वासन दिया और फिर विष्णु के हृदय में प्रवेश कर उन्हें जगा दिया। भगवान विष्णु जाग गए और उन्होंने मधु-कैटभ को युद्ध के लिए ललकारा। पाँच हजार वर्षों तक भीषण युद्ध चला। असुरों को वरदान प्राप्त था कि वे किसी भी स्थान पर नहीं मारे जा सकते जहाँ जल हो।"

महर्षि ने कथा को रोचक बनाते हुए कहा:

"जब विष्णु असुरों को परास्त नहीं कर पा रहे थे, तब देवी ने एक युक्ति बताई। विष्णु ने असुरों से कहा, 'मुझे ऐसे स्थान पर मारो जहाँ जल न हो।' अहंकार में चूर असुरों ने भी विष्णु से वही वचन कहा। तब विष्णु ने उन्हें अपनी जंघा पर रखकर उनका सिर धड़ से अलग कर दिया, क्योंकि सम्पूर्ण ब्रह्माण्ड जलमग्न था और केवल उनकी जंघा ही सूखी थी। इस प्रकार मधु-कैटभ का वध हुआ।"

महर्षि ने काश्वी की ओर देखते हुए कहा:

"वत्से, इस कथा का गूढ़ रहस्य समझो। मधु और कैटभ हमारे भीतर के अज्ञान के प्रतीक हैं। मधु मधुरता का प्रतीक है, वह सांसारिक सुख जो हमें बांधता है। कैटभ भय का प्रतीक है। वह डर जो हमें आगे बढ़ने से रोकता है। विष्णु हमारी चेतना हैं और देवी वह दिव्य शक्ति हैं जो हमें अज्ञान के अंधकार से निकालती हैं। जब हम देवी की शरण लेते हैं,

तब हमारी चेतना जागृत होती है और हम अपने अज्ञान रूपी असुरों का वध कर पाते हैं।"

महर्षि ने कथा जारी रखी:

"कालान्तर में, महिषासुर नामक एक महाबली असुर हुआ। उसने कठोर तपस्या करके ब्रह्मा जी को प्रसन्न किया। ब्रह्मा जी ने उसे वरदान दिया कि कोई देव, दानव, मनुष्य या पशु उसे नहीं मार सकता। महिषासुर अहंकार से भर गया। उसने स्वर्ग पर आक्रमण कर दिया और इंद्र को परास्त कर स्वर्ग पर अधिकार कर लिया। देवताओं को स्वर्ग छोड़कर भागना पड़ा। निराश्रित देवता ब्रह्मा, विष्णु, महेश के पास गए और अपनी व्यथा सुनाई। उन्होंने कहा

'हे त्रिदेव! महिषासुर ने सम्पूर्ण तीनों लोकों पर अधिकार कर लिया है। हमें स्वर्ग से निकाल दिया गया है। हमारी रक्षा कीजिए।'

तब ब्रह्मा, विष्णु और महेश ने देवताओं को सांत्वना दी और उन सभी के तेज से एक अद्भुत ज्योति प्रकट हुई।"

महर्षि ने दिव्य स्वर में वर्णन किया:

"उस ज्योति से एक अद्भुत देवी प्रकट हुईं। उनका मुख चन्द्रमा के समान कांतिमय था, उनकी आँखें सूर्य के समान

तेजस्वी थीं। उनके अठारह हाथ थे और वे सिंह पर आरूढ़ थीं।

सभी देवताओं ने उन्हें अपने-अपने अस्त्र-शस्त्र दिए:

- शिव ने त्रिशूल दिया
- विष्णु ने सुदर्शन चक्र दिया
- इंद्र ने वज्र दिया
- वरुण ने शंख दिया
- अग्नि ने शक्ति दिया
- यम ने कालदंड दिया

देवी ने महिषासुर से भीषण युद्ध किया। महिषासुर कभी भैंसा बनता, कभी सिंह, कभी हाथी, पर देवी ने हर रूप में उसका पीछा किया।"

महर्षि ने युद्ध का विवरण दिया:

"जब महिषासुर भैंसा बना, तो देवी ने उस पर तीखे बाणों की वर्षा की। जब वह सिंह बना, तो देवी ने खड्ग से उस पर प्रहार किया। जब वह हाथी बना, तो देवी ने परशु से उसका संहार किया। अंत में, जब महिषासुर फिर से भैंसा बना, तो देवी ने अपने पैर से उसकी गर्दन दबोची और त्रिशूल से

उसके हृदय को भेद दिया। महिषासुर का वध हो गया और देवताओं ने स्वर्ग को पुनः प्राप्त किया।"

देवताओं ने हर्षित होकर देवी की स्तुति की:

"जय हो महा देवी! हे जगदम्बे, जय हो! हे दुःखों को हरने वाली, जय हो! हे सर्वव्यापक शिवे, शुभ फल देने वाली! आप ही सबकी विधात्री हैं, हरि और हर द्‌वारा वन्दिते! मैं आपकी ही शरण में आया हूँ, हे मातरम्बिके!"

माँ स्तुति से प्रसन्न हुई और देवताओं को वरदान मांगने को कहा तू देवताओं ने सिर्फ इतनी ही प्राथना की "हे जगदम्बा जब-जब हम आपका आवाहन करे तब-तब आप आकर हमारे कष्टों का निवारण करे।"

महर्षि ने काशी को समझाया:

"वत्से, महिषासुर हमारे अहंकार का प्रतीक है। यह अहंकार कभी भैंसा बनकर मूर्खता दिखाता है, कभी सिंह बनकर घमंड करता है, कभी हाथी बनकर शक्ति का प्रदर्शन करता है। देवी की विभिन्न शक्तियाँ हमारे भीतर की दिव्य क्षमताएँ हैं। जब हम इन क्षमताओं को जागृत करते हैं, तो हमारा अहंकार स्वतः ही नष्ट हो जाता है।"

महर्षि ने तीसरी कथा आरंभ की:

"शुंभ और निशुंभ नामक दो भाई असुर हुए, जो महिषासुर से भी अधिक बलशाली थे। उन्होंने भी तीनों लोकों पर अधिकार कर लिया। समस्त देवताओं ने माँ भवानी को पुजारा तब भगवान श्री शक्ति का प्रदर्भाव हुआ माँ का रूप अत्यं मनोहर था। और साथ ही सभी देवताओं की शक्तियां भी प्रगट हुई।

चामुंडा: देवी चंडी की शक्ति।

ब्राह्मणी: भगवान ब्रह्मा की शक्ति।

वैष्णवी: भगवान विष्णु की शक्ति।

माहेश्वरी: भगवान शिव की शक्ति।

कौमारी: भगवान कार्तिकेय की शक्ति।

वाराही: भगवान वराह की शक्ति।

इंद्राणी: देवराज इंद्र की शक्ति।

विनयकी: भगवान गणेश की शक्ति

नारसिंही: भगवान नृसिंह की शक्ति

एक बार जब देवी हिमालय पर विचरण कर रही थीं, तो शुंभ के दूतों ने उनके अद्भुत सौन्दर्य को देखा और शुंभ-निशुंभ को बताया।

महर्षि ने दूत के संदेश को नाटकीय ढंग से प्रस्तुत किया:

"हे देवी! शुम्भ और निशुम्भ दोनों दैत्येन्द्र, सभी लोकों के स्वामी हैं। वे आपको देखना चाहते हैं, इसलिए हे देवी! आप असुरेन्द्र के भवन में चलें। यह संदेश दैत्येन्द्रों द्वारा भेजा गया है।"

देवी ने मुस्कुराते हुए उत्तर दिया, 'मैंने प्रतिज्ञा की है कि जो मुझे युद्ध में हराएगा, मैं उसी से विवाह करूंगी। इसलिए शुंभ-निशुंभ को यहाँ आकर मुझे परास्त करना होगा।'

यह सुनकर शुंभ-निशुंभ ने चण्ड-मुण्ड के नेतृत्व में विशाल सेना भेजी। देवी ने अपने सिंह की एक दहाड़ से ही सेना का संहार कर दिया। फिर चण्ड-मुण्ड आए, तो देवी के कोप से काली प्रकट हुईं और उन्होंने चण्ड-मुण्ड का वध किया। इस पर देवी ने कहा, 'अब से तुम चामुण्डा के नाम से जानी जाओगी।'

फिर रक्तबीज आया, जिसके रक्त की हर बूंद से नया असुर पैदा होता था। चामुण्डा ने उसका रक्त पीना शुरू किया और देवी ने उस पर प्रहार किए। इस प्रकार रक्तबीज का वध हुआ।

अंत में, शुंभ और निशुंभ स्वयं युद्ध के लिए आए। देवी ने निशुंभ का वध किया, फिर शुंभ से भीषण युद्ध हुआ।"

शुंभ देवी से कहता है"इतनी दिव्य शक्तियों को लेकर क्या शक्तिशाली बनती हो हिम्मत है तो अकेले आओ।"

महर्षि ने देवी के वचनों को गंभीर स्वर में उच्चारित किया: "इस जगत में केवल मैं ही हूँ, दूसरी कौन है? देखो इन देवतारूपिणी शक्तियों को, जो मेरे ही अंश से उत्पन्न हुई हैं। सभी देवता यहाँ एकत्रित हैं, फिर भी मैं अकेली ही हूँ। आज युद्ध के मैदान में अकेली ही तुम्हारा वध करूंगी।"

इतना कहकर देवी ने शुंभ का वध कर दिया।

देवताओं ने फिर देवी की स्तुति की:

"हे नारायणी, तुम्हें नमस्कार है। तुम सभी प्रकार का मंगल प्रदान करने वाली मंगलमयी हो। तुम कल्याणदायिनी शिवा हो और सभी मनोरथों को सिद्ध करने वाली हो। तुम शरण देने वाली, तीन नेत्रों वाली और गौरी हो। हे नारायणी, हम तुम्हें बारम्बार नमस्कार करते हैं।"

"अंततः ज्ञान का अहंकार भी उचित नही उसका भी संघार आवश्यक है"

महर्षि अद्वैतानंद ने कथा पूरी की। काश्वी की आँखों में आँसू थे, पर अब वे दुःख के नहीं, आनंद के आँसू थे। उसके चेहरे पर एक अनोखी शांति और दृढ़ता थी।

"वत्से काशि," महर्षि बोले, "यह है देवी महात्म्य की कथा। राजा सुरथ और समाधि वैश्य ने इस कथा को सुनकर महामाया की आराधना की और अंत में राजा सूरथ को देवी ने अमर राज्य का वरदान दिया तो वो अगले मन्वंतर का मनु बना। और व्यापारी समाधि को देवी ने उसे मोक्ष का ज्ञान दिया। अंत में दोनों मोक्ष को प्राप्त हुए"

"पर याद रखो, यह केवल बाहरी असुरों की कथा नहीं है।" महर्षि ने से समझाया "जब अज्ञान और मोह मन पर छा जाते हैं, तो चेतना अंधकार में डूब जाती है। देवी महाकाली ने उसी अंधकार का नाश किया। उन्होंने मदु-कैटभ जैसे राक्षसों का संहार कर यह सिखाया कि जब तक तम (आलस्य, मोह) नहीं मिटेगा, तब तक ज्ञान का उदय असम्भव है।

फिर जब मन क्रियाशील होता है, तो उसमें उत्पन्न होता है अहंकार, इच्छा और सत्ता-लालसा। महिषासुर इसी रजोगुण का प्रतीक था। देवी महालक्ष्मी ने उसका वध किया, और यह सन्देश दिया कि कर्म करो, पर कर्म में 'मैं' न हो। अहंकार का अंत ही धर्म का आरम्भ है।

अंततः मन जब शुद्ध हो जाता है, तो उसमें सबसे सूक्ष्म अहंकार जन्म लेता है, 'मैं ज्ञानी हूँ, मैं पवित्र हूँ।' देवी महासरस्वती ने शुम्भ-निशुम्भ का संहार कर इस सत्त्वगुण के

अभिमान को भी तोड़ा। उन्होंने सिखाया कि ज्ञान का भी त्याग आवश्यक है, क्योंकि अहंकार चाहे किसी रूप में हो वह मुक्ति के मार्ग का अन्तिम बन्धन है।"

महर्षि आगे कहते हैं। "देवी वह दिव्य शक्ति है जो हमारे भीतर विद्‌यमान है। जब हम उस शक्ति का आह्वान करते हैं, तो वह हमारे सभी आंतरिक राक्षसों का संहार कर देती है। इसलिए, पुत्री, यदि तुम प्रेम में शांति चाहती हो, तो पहले मन में शांति लाओ। कल प्रतिपदा है नवरात्र का शुभ पर्व कल से आरंभ होगा अपने भीतर की देवी को पुकारो वही तुम्हारे हर संशय को मिटा देगी।"

काश्वी ने महर्षि के चरण स्पर्श किए। "गुरुदेव, आपने मेरे सारे संदेह दूर कर दिए। अब मैं समझ गई हूँ कि वास्तविक शक्ति बाहर नहीं, हमारे भीतर ही विद्‌यमान है।"

"मैंने सोचा था कि मेरा संघर्ष मेरे पिता, मेरे प्रेम, और समाज के नियमों के साथ है। पर अब मैं समझ गई हूँ कि मेरा वास्तविक संघर्ष मेरे अपने भीतर के अज्ञान और अहंकार के साथ है।"

महर्षि मुस्कुराए। "तुम्हारा नाम काश्वी है, जो प्रकाश करती है। जिस प्रकार काशी नगरी अज्ञान के अंधकार को दूर करती है, उसी प्रकार तुम भी इस ज्ञान का प्रकाश फैलाओ।"

विंध्याचल पर सूर्यास्त हो रहा था और मंदिर की घंटियाँ सायंकाल की आरती के लिए बज उठीं। देवी की कथा पूरी हुई, पर उसका प्रकाश काश्वी के हृदय में सदा के लिए जाग गया था।

काश्वी ने निश्चय किया कि वो मन के मंदिर में रहकर देवी की सेवा करेगी और इस ज्ञान को अन्य साधकों तक पहुँचाएगी। उसे अब समझ आ गया था कि सच्चा प्रेम और सच्ची मुक्ति बाहरी बंधनों को तोड़ने में नहीं, बल्कि आंतरिक बंधनों से मुक्त होने में है।

महर्षि अद्वैतानंद ने आशीर्वाद दिया, "वत्से, अब तुम्हारी वास्तविक साधना आरंभ होती है। जाओ और इस ज्ञान को जीवन में उतारो।"

और इस प्रकार काश्वी के जीवन का नया अध्याय आरंभ हुआ, एक ऐसा अध्याय जो प्रेम, साहस और आस्था की अमर गाथा कहता है।

6: तप

प्रभातकाल का समय था। विंध्याचल की पहाड़ियों से उतरती मंद पवन मंदिर के प्रांगण में खिले फूलों को सहलाती हुई बह रही थी। आकाश में सूर्य की पहली किरण ने पर्वत शिखरों को सोने जैसा चमकीला रंग दे दिया था। पक्षियों का मधुर कलरव वातावरण में भक्ति का संगीत घोल रहा था। राजकुमारी काश्वी ने स्नान कर श्वेत वस्त्र धारण किए और मंदिर के गर्भगृह में प्रवेश किया।

उसने माँ विंध्यवासिनी की मूर्ति के समक्ष एक कलश स्थापित किया। कलश में गंगा का जल भरा हुआ था, जिस पर आम्रपत्र तैर रहे थे। उसने आम्रपत्रों और फूलों से मंदिर का मंडप सजाया, और प्रथम दीप प्रज्वलित किया। दीपक की लौ ने मंदिर के अंधकार को चीरते हुए एक दिव्य आभा फैला दी।

काश्वी की आँखों में आँसू थे, किन्तु यह शोक के नहीं, संकल्प के आँसू थे। उसने हाथ जोड़कर संकल्प लिया "नौ दिनों तक मैं केवल जल ग्रहण करूँगी, और माँ का ध्यान करूँगी। मेरी यह तपस्या उन सभी के कल्याण के लिए हो जो प्रेम और सत्य के मार्ग पर चलते हैं।"

उसने माँ शैलपुत्री की स्तुति की और तप की सफल बनाने की प्राथना की:

"हे पर्वतसुता शैलपुत्री, अडिग भक्ति की मूर्ति!

तुम्हारे समान ही मुझ में वह स्थिरता दो,

जिस से मेरा मन कभी विचलित न हो।

जैसे पर्वत हर तूफान में अटल रहता है,

वैसे ही मैं हर परीक्षा में डटी रहूँ।

हे हिमालय-पुत्री, तुम्हारे समान

मेरा हृदय भी अविचल रहे,

सभी प्रलोभनों से मुक्त रहे,

और केवल तुम्हारे चरणों में लगा रहे।"

महर्षि अद्वैतानंद ने दूर से खड़े होकर इस दृश्य को देखा। उनके चेहरे पर संतोष की मुस्कान थी। वे जानते थे कि काशी की आध्यात्मिक यात्रा आरंभ हो चुकी है। वे धीरे से मंदिर में प्रवेश किए और बोले:   "वत्से, माँ शैलपुत्री का यह रूप हमें सिखाता है कि जीवन में स्थिरता और दृढ़ संकल्प कितना महत्वपूर्ण है। जिस प्रकार पर्वत हर मौसम में अटल रहता है, उसी प्रकार साधक को हर परिस्थिति में अपने लक्ष्य पर अडिग रहना चाहिए।"

काश्वी ने विनम्रतापूर्वक पूछा, "गुरुदेव, क्या मेरा यह संकल्प सच में माँ तक पहुँचेगा?"

महर्षि ने स्नेहपूर्वक उत्तर दिया, "वत्से, जब संकल्प निष्काम भाव से किया जाता है, तो वह अवश्य फलित होता है। तुम्हारा संकल्प तुम्हारे हृदय की शुद्धता से और भी प्रबल हो गया है।"

दूसरे दिन का सूर्योदय हुआ। काश्वी रातभर मंदिर में ही बैठी रही थी। दीपक का प्रकाश उसके चेहरे पर पड़ रहा था, जिससे उसका मुखमंडल दिव्य प्रतीत हो रहा था। वह माँ ब्रह्मचारिणी का ध्यान कर रही थी। तप, संयम और निष्ठा का रूप।

महर्षि अद्वैतानंद ने प्रवेश करते हुए कहा, "वत्से, माँ ब्रह्मचारिणी ने भगवान शिव को पाने के लिए कठोर तपस्या की थी। उन्होंने हज़ारों वर्षों तक केवल फल-फूल खाकर और फिर केवल पत्ते खाकर तप किया। उनकी इस तपस्या ने उन्हें अद्भुत आत्मबल प्रदान किया।"

कश्वी ने पूछा, "गुरुदेव, क्या तपस्या के बिना आत्मबल की प्राप्ति असंभव है?"

महर्षि मुस्कुराए, "जो स्वयं को जीत लेता है, वही माँ को पा सकता है। तपस्या बाहरी कर्म नहीं, आंतरिक संकल्प है। तुम्हारा यह संकल्प ही तुम्हारी तपस्या है। तप का अर्थ है, इंद्रियों को वश में करना, मन को नियंत्रित करना, और आत्मा को जागृत करन।

काश्वी ने गहराई से सोचते हुए कहा, "गुरुदेव, क्या प्रेम भी एक प्रकार की तपस्या है? क्या माधव के प्रति मेरा प्रेम मेरी तपस्या का हिस्सा हो सकता है?"

महर्षि ने प्रसन्न होकर उत्तर दिया, "वत्से, शुद्ध प्रेम सबसे बड़ी तपस्या है। जब प्रेम निस्वार्थ होता है, तब वह भक्ति बन जाता है। तुम्हारा प्रेम तुम्हारी तपस्या का हिस्सा ही नहीं, बल्कि उसकी आधारशिला है।"

काश्वी ने माँ ब्रह्मचारिणी की स्तुति की:

"हे तप की अधिष्ठात्री मां ब्रह्मचारिणी, मुझे आत्मबल दो।

मेरे अश्रु नैवेद्य बनें , और मौन बने जप।

जैसे तुमने अन्न-जल त्याग कर तप किया,

वैसे ही मैं सांसारिक मोह का त्याग करूँ।

हे अक्षमाला-धारिणी, मेरे जीवन की

हर सांस तुम्हारा स्मरण बने,

हर धड़कन तुम्हारा जाप बने,

और हर क्षण तुम्हारी भक्ति में बीते।"

तीसरे दिन मंदिर में घंटियों की मधुर ध्वनि गूँज रही थी। पवन से मंदिर का ध्वज लहरा रहा था। काश्वी ने माँ चंद्रघंटा का ध्यान किया, जो भय को नष्ट करती हैं।

आज काश्वी के मन में एक अजीब अशांति थी। उसे अपने पिता का स्मरण आया, जिन्होंने उसे महल छोड़ने के लिए विवश किया। उसे समाज की कठोर परंपराओं का भय सताने लगा। उसे लोक-लज्जा का डर होने लगा। क्या उसने सही निर्णय लिया? क्या वह वास्तव में इस मार्ग पर चल सकेगी?

महर्षि ने उसकी इस मनःस्थिति को भाँप लिया। वे बोले, "वत्से, चंद्रघंटा माँ का नाम उनके मस्तक पर विराजमान अर्धचंद्र से पड़ा है। यह अर्धचंद्र संकेत करता है कि जीवन में सुख-दुख, प्रकाश-अंधकार दोनों का समन्वय रहता है। भय केवल मन का विचार है, सत्य नहीं।"

काश्वी ने कहा, "गुरुदेव, मुझे डर लगता है कि कहीं मेरा यह मार्ग गलत न हो। कहीं मैं अपने प्रेम के लिए सब कुछ त्याग कर कोई भूल तो नहीं कर रही?"

महर्षि ने समझाया, "वत्से, भय तब आता है जब हम अपने भीतर की शक्ति को भूल जाते हैं। माँ चंद्रघंटा का घंटा उस दिव्य ध्वनि का प्रतीक है जो हमें हमारी आंतरिक शक्ति का स्मरण कराती है। जब तुम अपने भीतर की इस दिव्य ध्वनि को सुनोगी, तो सारे भय स्वतः ही समाप्त हो जाएंगे।"

काश्वी ने गहरी सांस लेकर माँ चंद्रघंटा की स्तुति की:

"माँ चंद्रघंटा, मेरे अंतःकरण का अंधकार हर लो।

मेरे भीतर वो पवन घंटा नाद करो जो केवल सत्य बोले।

जैसे तुम्हारे घंटे की ध्वनि भय दूर करती है,

वैसे ही मेरे हृदय की धड़कन साहस बने।

हे दशभुजा-धारिणी, मेरे दसों इंद्रियों को

तुम्हारी भक्ति में लगा दो,

मेरे सभी संशयों को मिटा दो,

और मेरे मन को निर्भय बना दो।"

चौथे दिन काश्वी के चेहरे पर एक अद्भुत परिवर्तन देखने को मिला। उपवास के बावजूद उसके होठों पर मुस्कान थी। वह माँ कूष्माण्डा की भाँति सृजन का भाव महसूस कर रही थी।

महर्षि ने प्रसन्न होकर कहा, "आज तुम्हारे चेहरे पर माँ कूष्माण्डा की छवि दिखाई दे रही है। कूष्माण्डा का अर्थ है 'कू' यानी छोटा, 'उष्मा' यानी ऊर्जा, और 'अंडा' यानी ब्रह्मांड। यानी वह देवी जिन्होंने छोटी सी ऊर्जा से विशाल ब्रह्मांड की रचना की।"

काश्वी बोली, "गुरुदेव, आज मुझे लग रहा है कि मेरा यह संघर्ष भी एक सृजन है, एक नए जीवन का, एक नई चेतना का। जिस प्रकार माँ कूष्माण्डा ने ब्रह्मांड की रचना की, उसी प्रकार मैं अपने जीवन की नई रचना कर रही हूँ।"

महर्षि ने समर्थन किया, "भक्ति का प्रारंभ आँसुओं से होता है, किन्तु उसका अंत प्रकाश में। तुम्हारे आँसू अब प्रकाश में बदल रहे हैं। तुम्हारा हृदय अब रचनात्मक ऊर्जा से भर रहा है।"

काश्वी ने माँ कूष्माण्डा की स्तुति की:

"सृष्टि की आरंभकारिणी माँ कूष्माण्डा,

मेरे हृदय में एक नया प्रकाश जला दो।

जैसे तुमने अंधकार में प्रकाश फैलाया,

वैसे ही मेरे जीवन के अंधकार को मिटा दो।

हे सृष्टि-स्वरूपिणी, मेरे जीवन में

नई आशा का सृजन करो,

नई ऊर्जा का संचार करो,

और नए प्रेम का आगमन करो।"

पाँचवें दिन काश्वी ने माँ की मूर्ति के सामने बैठकर पहली बार भीतर से गहरी शांति का अनुभव किया। वह स्कंदमाता का ध्यान कर रही थी, जो कार्तिकेय की माता हैं।

उसने सोचा, "माँ भी तो एक पुत्र की माता हैं, जैसे एक स्त्री का मन प्रेम से भरा होता है। मातृत्व तो सभी स्त्रियों का स्वभाव है, चाहे वह देवी हो या मानव।"

महर्षि ने उसके विचारों को समझते हुए कहा, "स्कंदमाता का रूप करुणा और ममता का प्रतीक है। जब तुम मातृभाव से भर जाती हो, तब तुम्हारे भीतर का सारा क्रोध, ईर्ष्या, द्वेष स्वतः ही समाप्त हो जाता है।"

काश्वी की आँखों में करुणा झलकने लगी। उसे अपने पिता के प्रति क्रोध की जगह दया आने लगी। उसे समझ आया कि वे भी समाज के बंधनों में जकड़े हुए हैं। उसे माधव के प्रति चिंता हुई क्या वह सुरक्षित है? क्या उसे भी उसकी याद आती है?

महर्षि ने कहा, "वत्से, आज तुम्हारे हृदय में जो करुणा जाग रही है, वह तुम्हारी आध्यात्मिक यात्रा का महत्वपूर्ण चरण है। करुणा ही वह सेतु है जो मनुष्य को देवता से जोड़ती है।"

काश्वी ने माँ स्कंदमाता की स्तुति की:

"माँ स्कंदमाता, मातृत्व की मधुर करुणा दो।

मेरे हृदय में करुणा का सागर भर दो।

जैसे तुमने स्कंद को स्नेह दिया,

वैसे ही मैं सभी प्राणियों को स्नेह दूँ।

हे कार्तिकेय-जननी, मेरे अंदर

वह ममता जगा दो जो सबके लिए समान हो,

वह प्रेम दो जो निस्वार्थ हो,

और वह करुणा दो जो सर्वव्यापी हो।"

छठे दिन काश्वी ने आकाश की ओर देखा कहीं भीतर से साहस उमड़ा। आकाश में उड़ते पक्षियों को देखकर उसे अपनी स्वतंत्रता का एहसास हुआ। उसने प्रण किया कि वह अब अपने प्रेम और सत्य के लिए डरेगी नहीं।

महर्षि ने प्रसन्न होकर कहा, "आज तुम्हारे भीतर कात्यायनी जाग चुकी हैं। कात्यायनी माँ ने महिषासुर का वध किया था।

वह महिषासुर तुम्हारे भीतर के भय और संदेह का प्रतीक है।"

काश्वी बोली, "गुरुदेव, आज मुझे लग रहा है कि मैं हर बाधा को पार कर सकती हूँ। मेरा प्रेम मेरी शक्ति है, मेरा विश्वास मेरी तलवार है। मैं जानती हूँ कि मेरा मार्ग कठिन है, पर अब मुझे कोई भय नहीं है।"

महर्षि ने आशीर्वाद दिया, "तुम सचमुच धन्य हो, वत्से। तुमने अपने भीतर की देवी को पहचान लिया है। माँ कात्यायनी का जन्म महर्षि कात्यायन के आश्रम में हुआ था, और आज तुम्हारे हृदय में उनका जन्म हुआ है।"

काश्वी ने माँ कात्यायनी की स्तुति की:

"वीरता की देवी कात्यायनी, मुझे धर्म की रक्षा का बल दो।

मेरे आँसू अब तलवार बन जाएँ।

जैसे तुमने महिषासुर का वध किया,

वैसे ही मैं अपने भीतर के अहंकार का वध करूँ।

हे महिषासुर-मर्दिनी, मेरे भीतर के

सभी संदेहों का संहार करो,

सभी भयों का नाश करो,

और सभी कमजोरियों को दूर करो।"

सातवें दिन रात्रि गहन थी। बाहर तूफान आया हुआ था। दीपक बार-बार बुझ रहा था, परंतु काश्वी के हृदय का दीप प्रज्ज्वलित था। वह माँ कालरात्रि का ध्यान कर रही थी, जो भय का अंत करती हैं।

महर्षि मंदिर में आए और बोले, "माँ कालरात्रि का रूप भयानक है, परंतु वे भक्तों के लिए शुभफलदायिनी हैं। वे अज्ञान के अंधकार को नष्ट करती हैं और ज्ञान का प्रकाश फैलाती हैं।"

काशी ने कहा, "गुरुदेव, आज मुझे लग रहा है कि मेरे सारे भय समाप्त हो गए हैं। मैंने जो कुछ खोया, वह तो बाहरी था। मैंने जो पाया, वह आंतरिक है। मेरा प्रेम, मेरा विश्वास, मेरी आस्था यही मेरी वास्तविक संपत्ति है।"

महर्षि ने प्रसन्नता से कहा, "यही तो कालरात्रि माँ का प्रभाव है। वे बाहरी अंधकार को नहीं, आंतरिक अंधकार को नष्ट करती हैं। जब आंतरिक अंधकार समाप्त हो जाता है, तो बाहरी अंधकार स्वतः ही प्रकाश में बदल जाता है।"

काश्वी ने माँ कालरात्रि की स्तुति की:

"हे माँ कालरात्रि , मेरे भीतर के तम को निगल लो।

मेरे भय को अपने चरणों की धूल बना दो।

जैसे तुमने रक्तबीज का संहार किया,

वैसे ही मेरे दुर्गुणों का संहार करो।

हे उग्र-स्वरूपिणी, मेरे भीतर के

सभी विकारों को जला दो,

सभी क्लेशों को मिटा दो,

और सभी बंधनों को काट दो।"

आठवें दिन काश्वी के मुख पर एक अद्भुत तेज था, आँखों में स्निग्धता। उसने स्नान कर श्वेत वस्त्र पहने और माँ महागौरी को पुष्प अर्पित किए। उसका हृदय अब निर्मल हो चुका था।

महर्षि ने देखकर कहा, "आज तुम महागौरी माँ के समान प्रतीत हो रही हो। महागौरी का अर्थ है अत्यंत गौर वर्ण वाली। जब मन सभी पापों और विकारों से मुक्त हो जाता है, तब वह महागौरी के समान निर्मल और दिव्य हो जाता है।"

काश्वी बोली, "गुरुदेव, आज मुझे लग रहा है कि मेरा मन पवित्र गंगा के जल के समान निर्मल हो गया है। सारी कठिनाइयाँ, सारे दुख धुल गए हैं। मैंने जो कुछ भी खोया, उसके लिए अब मेरे हृदय में कोई पश्चाताप नहीं है।"

महर्षि ने आशीर्वाद दिया, "तुम्हारी इस निर्मलता में ही माँ का वास है। जब हृदय निर्मल हो जाता है, तब देवी स्वयं उसमें निवास करने आती हैं। तुम्हारी इस निर्मलता ने माँ को तुम्हारे समक्ष प्रकट होने के लिए आमंत्रित कर दिया है।"

काश्वी ने माँ महागौरी की स्तुति की:

"श्वेतवस्त्रा महागौरी, मेरे भीतर का मैल धो दो।

अब मैं शुद्ध होकर केवल तेरा नाम जपूँगी।

जैसे तुम्हारा रूप निर्मल है,

वैसे ही मेरा मन निर्मल हो।

हे शुभ्र-वर्णा, मेरे जीवन के

सभी कलुष धो दो,

सभी पाप मिटा दो,

और सभी विकार दूर कर दो।"

नवमी की रात्रि का समय था। मंद पवन बह रही थी। मंदिर का ध्वज लहरा रहा था। काश्वी माँ की मूर्ति के सामने गहरे ध्यान में थी। उसका मन पूर्णतः शांत और एकाग्र था।

"हे माँ!

मैं न मन्त्र जानती हूँ, न तन्त्र जानती हूँ,

तेरी पूजा की विधि नहीं जानती,

न ध्यान की गहराई समझ पाई हूँ।

मैं तो बस इतना जानती हूँ,

तेरे चरणों में ही सच्चा सुख है,

और तेरी शरण में ही सब दुख मिट जाते हैं।

हे माँ!

इस धरा पर तेरी अनेक गुणी पुत्र-पुत्रियाँ और भक्त हैं,

पर मेरे जैसी अज्ञानी और दीन शायद कोई न होगी।

और ऐसे दीन की रक्षा करनेवाली तो तू ही है, माँ।

इसलिए हे अम्बे!

मुझ अबला को अपने चरणों में स्थान दे,

मुझे अपने दर्शन दे दे,

क्योंकि पुत्र तो कुपुत्र हो सकते हैं,

पर माता तो कुमाता नहीं होती।

हे माँ!

मैंने जीवनभर केवल तेरा ही नाम लिया है,

तेरे सिवा किसी को नहीं जाना।

यदि तू मुझे नहीं अपनाएगी, तो और कौन अपनाएगा?

तू ही मेरी जननी है, तू ही मेरा सहारा।

हे जगदम्बे!

मैं अज्ञानी हूँ, पापिनी हूँ, पतिता हूँ, पर तेरी ही हूँ।

तू पतित-पावन है, दयामयी है, करुणामयी है।

मुझे न व्रतों का ज्ञान है, न तप का,

न साधना की रीति आती है,

मैं तो बस तेरे प्रेम और तेरी कृपा पर टिकी हूँ।

इसलिए हे माँ जगदम्बा!

मुझ पर कृपा कर,

मुझे अपने दर्शन दे दे,

मुझको अपनी गोद में सुला ले,

जैसे माँ अपनी डरी हुई बच्ची को सम्भालती है। "

तभी एक अद्‌भुत घटना घटी। मंदिर में एक दिव्य ज्योति प्रकट हुई। प्रकाश इतना तीव्र था कि काश्वी की आँखें स्वतः ही मूँद गईं। जब वह आँखें खोलती है, तो माँ विंध्यवासिनी

उसके सम्मुख प्रकट होती हैं मृदुल मुस्कान लिए, करुणा से भरी।

माँ का रूप अवर्णनीय था। उनके हाथों में अभय और वर मुद्रा थी। उनके चेहरे पर अपार करुणा और प्रेम था। माँ ने कोमल स्वर में कहा: "पुत्रि, तेरा प्रेम पवित्र है। तूने जल से भी अधिक शुद्ध तप किया है। तेरे हृदय की पवित्रता और तेरे संकल्प की दृढ़ता ने मुझे प्रकट होने के लिए विवश कर दिया।"

माँ ने आशीर्वाद दिया:

"मैं तुझे वर देती हूँ, तू अखंड सौभाग्यवती होगी, तेरा प्रेम तुझे अवश्य मिलेगा, तेरा पुत्र तेजस्वी और धर्मपरायण होगा, और जीवन के अंत में तू मेरे धाम को प्राप्त होगी। तेरा यह त्याग और तपस्या व्यर्थ नहीं जाएगी। तू न केवल अपने प्रेम को पाएगी, बल्कि तेरे इस साहस से अनेक स्त्रियों को प्रेरणा मिलेगी। तेरा नाम इतिहास में स्वर्णाक्षरों में अंकित होगा।"

काश्वी भूमि पर नतमस्तक हो गई। उसके आँसू अब वेदना के नहीं, मुक्ति के थे। उसने कहा, "माँ, बस इतना चाहती हूँ कि मेरा जीवन तुम्हारी सेवा में बीते। मैं कुछ नहीं चाहती, केवल तुम्हारा प्रेम चाहती हूँ।"

माँ ने अंतिम वरदान दिया, "तथास्तु। तेरी इच्छा पूर्ण हो।" और अदृश्य हो गईं।

महर्षि अद्वैतानंद ने आकर काश्वी को उठाया। "वत्से, अब तुम्हारी साधना पूर्ण हुई। तुमने न केवल माँ का आशीर्वाद पाया, बल्कि अपने भीतर की देवी को जागृत किया है।"

काश्वी ने मुस्कुराते हुए कहा, "गुरुदेव, अब मैं समझ गई हूँ कि माँ कहीं बाहर नहीं, हमारे भीतर ही विद्यमान हैं। हमारा संघर्ष ही हमारी साधना है, और हमारा साहस ही हमारी पूजा है।"

महर्षि ने कहा, "आज से तुम केवल काश्वी नहीं रही। आज से तुम हो गई हो सिद्धिदात्री की भक्ता, जिसने सभी सिद्धियों को प्राप्त कर लिया है।"

और इस प्रकार काश्वी की नवरात्रि साधना पूर्ण हुई। उसने न केवल माँ का आशीर्वाद प्राप्त किया, बल्कि अपने भीतर एक नई शक्ति, एक नई चेतना और एक नई दृष्टि को जागृत किया। अब वह जानती थी कि उसका मार्ग स्पष्ट है और उसकी यात्रा अब आरंभ होती है। एक ऐसी यात्रा जो न केवल उसे, बल्कि अनेकों को प्रकाश देगी।

मंदिर की घंटियाँ बजने लगीं और प्रकृति ने भी इस पावन क्षण का साक्षी बनकर एक अद्भुत शांति और आनंद से

वातावरण को भर दिया। काश्वी ने आँखें बंद करके माँ के दिव्य दर्शन को अपने हृदय में स्थान दिया, और जान लिया कि अब से वह अकेली नहीं है, माँ सदैव उसके साथ हैं।

7: संयोग

माँ विंध्यवासिनी के प्राचीन मंदिर में राजकुमारी काश्वी को आए अब कई माह बीत चुके थे। वह समय जैसे अपनी गति से चल रहा था, कभी धीमा, कभी तीव्र, परंतु निरंतर प्रवाहमान। महर्षि अद्वैतानंद के सान्निध्य में उसने ब्रह्म का बोध पाया था, आत्मा की अनंतता को जाना था, और परम सत्य के दर्शन किए थे।

उसका मन अब स्थिर, शांत और निश्चल था। जैसे गहरे समुद्र की तलहटी जहाँ कोई तूफान नहीं पहुँच सकता। वह जान चुकी थी कि ज्ञान का चरम भी अधूरा है, यदि उसमें प्रेम न हो। ब्रह्मज्ञान की परम उचाइयों को छूने के बाद भी उसे एहसास हुआ कि प्रेम ही वह सूत्र है जो आत्मा को परमात्मा से जोड़ता है।

किन्तु भीतर कहीं एक कोमल रिक्ति अब भी थी। माधव की स्मृति। वह स्मृति जो उसके हृदय में एक मधुर पीड़ा के रूप में विद्यमान थी। माँ ने वचन दिया था, "तू अपने प्रेम को अवश्य पाएगी।" काश्वी प्रतीक्षा में थी। न जाने किस पल माँ का वरदान फलेगा। वह जानती थी कि दिव्य वचन कभी असत्य नहीं होते, पर मानव हृदय की व्याकुलता कब धैर्य धारण करती है?

शरद ऋतु का समय था। प्रकृति ने अपना श्रृंगार किया था। आकाश निर्मल, वायु शीतल, और धरती हरी-भरी। उस दिन आकाश विशेष रूप से निर्मल था, मानो स्वयं प्रकृति किसी दिव्य घटना की प्रतीक्षा कर रही हो।

संध्या होते ही चंद्रमा ने पूर्व दिशा में अपना मुख प्रकट किया। वह पूर्ण था, जैसे अमृत की धारा टपक रही हो। चाँदनी की कोमल किरणें वन के पत्तों से छनकर धरती पर बिखर रही थीं, मानो स्वर्ग से अमृत की वर्षा हो रही हो।

महर्षि अद्वैतानंद ने काश्वी को बुलाया। "वत्से, आज शरद पूर्णिमा है। यह रात्रि अत्यंत पावन है। चंद्रमा की किरणों में अमृत होता है। तुम सरोवर से जल ले आओ। मैं आज विशेष पूजा करूँगा।"

काश्वी ने सिर झुकाकर हाँ कहा। उसने एक सुनहरा कलश उठाया और मंदिर से निकलकर सरोवर की ओर चल पड़ी।

सरोवर का दृश्य अद्भुत था। चंद्रमा की रोशनी में पानी चाँदी सा चमक रहा था। कमल के फूल खिले हुए थे, और उन पर ओस की बूँदें मोतियों की तरह चमक रही थीं। पवन में चंपा और बेला की सुगंध घुली हुई थी, जो मन को मधुर स्पर्श दे रही थी।

काश्वी ने कलश को किनारे रखा और धीरे से जल में उतरी। पानी का स्पर्श शीतल और सुखद था। वह जल लेने झुकी ही थी कि अचानक उसे लगा किसी वृक्ष पर कोई छाया बैठी है। एक अजीब सी अनुभूति ने उसके हृदय को थाम लिया।

उसने ऊपर देखा अमरूद के वृक्ष पर एक युवक बैठा था। चाँदनी उसके चेहरे पर पड़ रही थी, उसे एक दिव्य आभा प्रदान कर रही थी।

वह चेहरा, वही गहन दृष्टि, वही विनम्र मुस्कान वह और कोई नहीं, माधव ही था।

क्षणभर के लिए समय थम गया। काश्वी की साँसें रुक सी गईं। उसकी आँखें विश्वास नहीं कर पा रही थीं। क्या यह सच है? क्या यह कोई स्वप्न तो नहीं?

माधव भी उसे देखकर स्तब्ध था। उसकी आँखें चौंधिया गई थीं। वह राजकुमारी काश्वी को इस वन में, इस सरोवर के किनारे देखकर अवाक् रह गया।

काश्वी ने अपने आप को संभाला और धीमे स्वर में पुकारा "माधव!"

यह पुकार माधव के कानों में पड़ी तो वह झटके से वास्तविकता में लौट आया। वह तेजी से वृक्ष से उतरा और नीचे आ गया।

दोनों एक-दूसरे के समीप आए। ना कोई वचन, ना कोई प्रश्न, बस दो हृदय, जो माँ के वरदान से अब एक हो चुके थे। वर्षों की दूरी एक श्वास में मिट गई। समय ठहर सा गया।

माधव ने काश्वी की ओर देखा। उसकी आँखों में आश्चर्य, प्रेम, और विस्मय के भाव थे। "राजकुमारी सच में आप हो? यह कोई स्वप्न तो नहीं?"

काश्वी की आँखों से आँसू छलक उठे। "हाँ माधव, यह कोई स्वप्न नहीं है। मैं ही हूँ, तुम्हारी काश्वी।"

उन्होंने एक-दूसरे को आलिंगन किया। यह आलिंगन केवल शरीरों का मिलन नहीं था, यह आत्माओं का मिलन था। चाँदनी उन पर अमृत बरसा रही थी, जैसे स्वयं माँ भवानी आशीर्वाद दे रही हों।

थोड़ी देर बाद दोनों सरोवर के किनारे बैठे। माधव बोला - "राजकुमारी मुझे लगा था तुम अब कभी नहीं मिलोगी। उस दिन के बाद क्या-क्या नहीं बीता।"

उसकी आवाज़ भावुक हो उठी। "राजा ने मेरे विरुद्ध घोषणा की थी। कि मैंने तुम्हें बहकाया, राज्य की मर्यादा भंग की। मुझे कारावास देने के आदेश हुए। मेरे खिलाफ फरमान जारी

किया गया कि यदि मैं विन्ध्यगढ़ की सीमा में दिखाई दिया तो मुझे मृत्युदंड दिया जाएगा।"

काश्वी की आँखों में दर्द उभर आया। "हे भगवान! मुझे इसका कुछ भी पता नहीं था।"

माधव ने आगे कहा, "पर बुज़ुर्ग महेश दास ने मुझे रातोंरात यहाँ से भगा दिया। उन्होंने कहा - 'बेटा, भाग जा। जहाँ तेरी किस्मत तुझे ले जाए।' तब से मैं इसी वन में भटकता रहा, और अंततः इसी वन में शरण ली यहां फल-फूल खाकर जीवन काट रहा था, मां भवानी के भरोसे।"

काश्वी ने आँसू पोंछते हुए कहा - "और मैं भी माँ के मंदिर में शरणागत हुई थी। उस दिन जब तुमने मुझसे कहा था कि हमें अलग हो जाना चाहिए, तब मेरा हृदय टूट गया था। मैंने महल छोड़ दिया और सीधे इसी मंदिर में आ गई। महर्षि अद्वैतानंद ने मुझे भक्ति और ज्ञान का पाठ पढ़ाया। उन्होंने मुझे समझाया कि प्रेम कोई पाप नहीं है, बल्कि सबसे बड़ी साधना है। और माँ ने स्वयं प्रकट होकर कहा था 'तेरा प्रेम तुझे अवश्य मिलेगा।' आज समझी कि वह दिन यही था। माँ का वचन सत्य हुआ।"

दोनों ने आकाश की ओर देखा - पूर्णचंद्र उस समय मानो मुस्कुरा रहा था, जैसे स्वर्ग भी इस प्रेम का आशीर्वाद दे रहा

हो। चारों ओर एक दिव्य शांति छाई हुई थी। पेड़ों की पत्तियाँ मंद स्वर में सरसरा रही थीं, मानो प्रकृति इस मिलन का गीत गा रही हो।

माधव ने काश्वी का हाथ थामा। "काश्वी, तुम्हारे बिना ये सभी वर्ष कैसे बीते, मैं स्वयं नहीं जानता। हर दिन सहस्त्र वर्षों सा प्रतीत होता और तुम्हारी याद में कटता था। हर रात तुम्हारे सपने देखता था।"

काश्वी ने मधुर स्वर में कहा, "मैं भी तो तुम्हारी प्रतीक्षा में थी। महर्षि ने मुझे समझाया कि सच्चा प्रेम धैर्य की परीक्षा लेता है। और आज वह परीक्षा पूरी हुई।"

वे लंबे समय तक बैठकर एक-दूसरे को अपनी-अपनी कहानी सुनाते रहे। हर शब्द में प्रेम था, हर वाक्य में विश्वास था। चाँदनी उन पर निरंतर अमृत बरसा रही थी, मानो स्वयं चंद्रदेव इस मिलन का साक्षी बनकर दर्शन दे रहे हों। गुरु आज्ञा अनुसार काश्वी ने शीतल जल का घड़ा मंदिर में रख दिया आदेवेतानंद ध्यान मगन थे, इसीलिए उसने इस विषय पर चर्चा करना उचित न समझा।

अगली सुबह, काश्वी माधव को लेकर महर्षि अद्‌वैतानंद के पास पहुँची। महर्षि प्रातःकाल की साधना में लीन थे। जब

उन्होंने दोनों को एक साथ देखा तो उनके चेहरे पर एक कोमल मुस्कान खिल उठी, मानो उन्हें पहले से सब ज्ञात था।

"आ जाओ वत्से," महर्षि ने कहा। "माँ के वचन कभी असत्य नहीं होते। मैं जानता था कि एक दिन यह क्षण आएगा।"

काश्वी ने विनम्रतापूर्वक कहा, "गुरुदेव, यह है माधव। माँ की कृपा से हमारा मिलन हुआ है।"

महर्षि ने माधव को आशीर्वाद दिया। "पुत्र, तुमने भी बड़ी कठिनाइयाँ झेली हैं। पर देखो, आज वही कठिनाइयाँ तुम्हें इस दिव्य मिलन तक ले आई हैं।"

महर्षि ने गंभीर स्वर में कहा, "यह प्रेम केवल लौकिक नहीं, यह आत्मा का मिलन है। जब दो आत्माएँ एक दूसरे के लिए नियत होती हैं, तो संपूर्ण ब्रह्मांड उनके मिलन के लिए साधन जुटा देता है।"

महर्षि ने निर्णय लिया कि आज ही दोनों का विवाह संपन्न कराया जाए। "आज का दिन अत्यंत शुभ है। यह समय दिव्य मिलन के लिए उत्तम है।"

मंदिर के आँगन को सजाया गया। फूलों की मालाएँ बनाई गईं। दीपक जलाए गए। महर्षि ने स्वयं पुरोहित का दायित्व संभाला। विवाह का समय आया। काश्वी और माधव माँ

विंध्यवासिनी की मूर्ति के समक्ष खड़े थे। महर्षि ने मंत्रोच्चारण प्रारंभ किया। हर मंत्र में एक दिव्य ऊर्जा थी, हर शब्द में एक आध्यात्मिक तरंग। महर्षि के स्वर मंदिर में गूँज रहे थे।

काश्वी और माधव ने एक-दूसरे को वरमाला पहनाई। यह केवल फूलों की माला नहीं थी, यह प्रेम और विश्वास की माला थी।

महर्षि ने कहा, "आज से तुम दोनों केवल पति-पत्नी नहीं, बल्कि भक्ति और प्रेम के दो स्तंभ हो, जिनपर सृष्टि का संतुलन टिका है। तुम्हारा यह प्रेम केवल तुम्हारे लिए नहीं, बल्कि समस्त विश्व के लिए प्रेरणा का स्रोत बने।"

विवाह संस्कार के अंत में एक अद्भुत घटना घटी। माँ विंध्यवासिनी की मूर्ति पर एक दिव्य प्रकाश छलक उठी। यह प्रकाश इतना तेजस्वी और कोमल था कि सभी की आँखें चौंधिया गईं।

महर्षि ने हर्षित स्वर में कहा, "देखो! माँ स्वयं आशीर्वाद देने आई हैं।"

दोनों ने मूर्ति की ओर देखा। ऐसा प्रतीत हो रहा था मानो मूर्ति में जान आ गई हो। माँ के चेहरे पर एक दिव्य मुस्कान थी, और उनकी आँखों में अपार करुणा और प्रेम।

महर्षि बोले, "माँ ने तुम्हारे प्रेम को स्वीकार कर लिया है। यह विवाह केवल मानवीय नहीं, दिव्य है।"

रात्रि में जब सब शांत हुआ, दोनों मंदिर के बाहर बैठे। नदी मधुर स्वर में बह रही थी, चाँद मुस्कुरा रहा था, और तारे टिमटिमा रहे थे।

माधव ने काश्वी का हाथ थामकर कहा, "काश्वी, अब मुझे कुछ नहीं चाहिए बस यह क्षण अमर रहे। तुम्हारे बिना जो जीवन बीता, वह केवल अस्तित्व था। आज मैं सचमुच जीवित हूँ।"

काश्वी ने मधुर स्वर में उत्तर दिया, "माधव, माँ के साये में पाया प्रेम कभी न मिटता। यह प्रेम समय और सीमाओं से परे है। यही है विन्ध्यगाथा जहाँ भक्ति से जन्मा प्रेम, ज्ञान से शुद्ध हुआ, और सत्य से अमर हुआ।"

माधव ने कहा, "काश्वी, क्या तुम जानती हो? जब तुम महल छोड़कर चली गई थीं, तब राजा ने पश्चाताप किया था। उन्होंने मुझे खोजने के लिए लोग भेजे, पर तब तक मैं यहाँ आ चुका था।"

काश्वी की आँखों में करुणा उमड़ आई। "पिता वे भी तो अपने कर्तव्यों में बंधे हुए थे। मैं उन्हें दोष नहीं देती। शायद यह सब माँ की इच्छा थी कि हम इसी मार्ग से गुजरें।"

माधव ने पूछा, "अब हम क्या करेंगे काश्वी? क्या तुम महल लौटोगी?"

काश्वी ने दृढ़ता से कहा, "नहीं माधव, मेरा महल तो यही है। माँ का यह मंदिर, यह वन, यह प्रकृति यही मेरा राज्य है। और तुम हो मेरे राजा।"

माधव ने उसके वचनों पर मुस्कुराते हुए कहा, "तो फिर हम यहीं रहेंगे। मैं मंदिर की सेवा करूँगा, और तुम माँ की भक्ति में लगी रहोगी। हमारा जीवन सादगी और प्रेम में बीतेगा।"

काश्वी ने शांत भाव से सिर झुकाया "हाँ, यही श्रेयस्कर है। हमें किसी बाहरी सत्ता की नहीं, अपने भीतर के राज्य की अधिराज्यता चाहिए।"

अगले दिन महर्षि अद्वैतानंद ने दोनों को बुलाया। "वत्से, अब तुम दोनों का मिलन हो चुका है। पर याद रखो, यह मिलन केवल शरीरों का नहीं, आत्माओं का है। तुम दोनों को एक-दूसरे की आत्मा को और भी उन्नत बनाने में सहायक बनना है।"

महर्षि ने आगे कहा, "प्रेम का वास्तविक अर्थ है। एक-दूसरे को स्वतंत्रता देना, एक-दूसरे के विकास में सहायक बनना।

तुम दोनों ने बड़ी कठिनाइयाँ झेली हैं, पर अब वह समय आ गया है जब तुम्हें औरों के लिए प्रेरणा का स्रोत बनना है।"

काश्वी ने विनम्रतापूर्वक कहा, "गुरुदेव, हम आपके मार्गदर्शन में ही रहेंगे। हमें जीवन के इस नए पड़ाव पर आपके आशीर्वाद की आवश्यकता है।"

महर्षि ने आशीर्वाद दिया, "तथास्तु। माँ तुम्हारी रक्षा करे, और तुम्हारा प्रेम सदैव विकसित होता रहे।"

इस प्रकार काश्वी और माधव का जीवन एक नए अध्याय में प्रवेश कर गया। वह मंदिर जहाँ कभी काश्वी अकेली रहती थी, अब उसमें प्रेम और स्नेह का वास हो गया। माधव मंदिर की सेवा में लग गया, और काश्वी माँ की उपासना में।

उनका प्रेम केवल उनके लिए नहीं था। वह समस्त वन, समस्त प्रकृति, समस्त विश्व के लिए प्रेम का संदेश बन गया। पक्षी उनके प्रेम के गीत गाते, पेड़ उन्हें आशीर्वाद देते, और नदी उनके प्रेम की कहानी बहाकर ले जाती।

8: वरदान

माँ विंध्यवासिनी के मंदिर में काश्वी और माधव का दिव्य विवाह संपन्न होने के पश्चात, उनका जीवन एक नए अध्याय में प्रवेश कर चुका था। मंदिर का वह प्रांगण जहाँ कभी केवल भक्ति की घंटियाँ बजती थीं, अब प्रेम और स्नेह की मधुर ध्वनियों से भी गूँजने लगा था।

महर्षि अद्वैतानंद ने दोनों के लिए मंदिर परिसर में ही एक कुटिया का निर्माण करवाया। यह कुटिया साधारण थी, परंतु प्रेम और भक्ति से इतनी समृद्ध थी कि कोई भी महल इसकी समृद्धि की बराबरी नहीं कर सकता था। कुटिया की दीवारें मिट्टी की थीं, छत फूस की थी, परंतु उसमें एक दिव्य आत्मीयता विद्यमान थी।

प्रातःकाल होते ही काश्वी मंदिर में माँ की पूजा-अर्चना के लिए चली जाती, जबकि माधव मंदिर की सेवा में लग जाता। वह मंदिर के आँगन की सफाई करता, फूलों के पौधों की देखभाल करता, और भक्तों के लिए प्रसाद तैयार करने में सहायता करता।

एक दिन संध्या के समय जब दोनों मंदिर के प्रांगण में बैठे थे, काश्वी ने मधुर स्वर में कहा, "माधव, क्या तुम्हें कभी लगता है कि हमने जो कुछ छोड़ा, उसका कोई अफसोस है?"

माधव ने गहरी सांस लेकर उत्तर दिया, "काश्वी, महलों का वैभव, सोने-चाँदी के आभूषण, और राजसी ठाठ-बाट यह सब मैं भूल चुका हूँ। तुम्हारे साथ इस साधारण कुटिया में जो शांति और संतोष मिला है, वह किसी भी राजभवन में नहीं मिल सकता।"

काश्वी मुस्कुराई, "मैं भी यही सोचती हूँ। माँ के चरणों में जो आनंद है, वह संसार के किसी भी सुख में नहीं।"

हालाँकि, शीघ्र ही एक नई चुनौती ने अपना सिर उठाया। मंदिर में रहने के लिए भोजन और अन्य आवश्यकताओं की पूर्ति के लिए धन की आवश्यकता थी। माधव केवल मंदिर की सेवा करते, जिससे उनकी आर्थिक स्थिति दिन-प्रतिदिन कठिन होती जा रही थी।

एक शाम जब काश्वी ने देखा कि माधव चिंतित मुद्रा में बैठे हैं, तो वह बोली, "स्वामी, आप इतने चिंतित क्यों हो? क्या बात है?"

माधव ने सच्चाई स्वीकार करते हुए कहा, "प्रिय, हमारे पास अब बहुत कम धन बचा है। मैं सोच रहा हूँ कि कुछ काम करूँ जिससे हमारा गुजारा चल सके।"

काश्वी ने समझदारी से कहा, "आप सही कह रहे है। भक्ति और प्रेम तो हमारे पास है, पर भोजन और अन्य आवश्यकताओं के लिए धन की भी आवश्यकता है।"

अगले दिन माधव ने पड़ोसी राज्य की योजना बनाई। वह वन से फल-फूल और लकड़ियाँ एकत्रित करता और पड़ोसी राज्य में जाकर उन्हें बेच आता। प्रारंभ में यह कार्य कठिन था, परंतु धीरे-धीरे उसने इसमें निपुणता प्राप्त कर ली।

एक दिन जब माधव पड़ोसी राज्य से लौटा, तो वह उत्साहित था। "प्रिय, आज मैंने अच्छे दामों में सामान बेचा है। अब हम कुछ दिनों के लिए निश्चिंत हो सकते हैं।"

काश्वी ने प्रसन्न होकर कहा, "माँ की कृपा से सब कुछ संभव हो रहा है। पर स्वामी, आपको अधिक कठिनाई नहीं उठानी चाहिए।"

माधव ने दृढ़तापूर्वक कहा, "नहीं प्रिय, तुमने तो मेरे लिए राजमहल का वैभव छोड़ दिया, तो मैं तुम्हारे लिए यह छोटा-मोटा श्रम क्यों नहीं कर सकता?"

कुछ महीनों बाद एक शुभ घटना घटी। काश्वी गर्भवती हो गई। यह समाचार सुनकर माधव की खुशी का ठिकाना न रहा। वह काश्वी के पैरों में गिर गया और बोला, "प्रिय, माँ का वरदान सच हो रहा है! उन्होंने कहा था कि तुम्हारा पुत्र तेजस्वी और धर्मपरायण होगा।"

काश्वी की आँखों में आँसू आ गए। "हाँ स्वामी, माँ का हर वचन सत्य होता है। मैंने सपने में माँ को देखा है। वह मुझसे कह रही थीं कि यह पुत्र समस्त विंध्यक्षेत्र का कल्याण करेगा।"

गर्भावस्था के दिनों में काश्वी और माधव का प्रेम और भी गहरा हो गया। माधव काश्वी की सेवा में दिन-रात लगा रहता। वह उसके लिए पौष्टिक भोजन लाता, उसके स्वास्थ्य का ध्यान रखता, और उसे मनोरंजन के लिए प्रकृति की सैर कराता।

एक दिन जब काश्वी मंदिर में ध्यानमग्न थी, तो उसे एक दिव्य अनुभूति हुई। माँ विंध्यवासिनी ने उसे दर्शन दिए और कहा, "पुत्री, तेरा पुत्र महान होगा। ये मेरा परम भगत है। इसके परवरिश की जिम्मेदारी मैं तुझे सौंपती हूँ। कल्याण भव।"

काश्वी ने ध्यान से उठकर माधव को यह बात बताई। माधव की आँखों में गर्व और विस्मय के आँसू आ गए। "प्रिय, हम इतने धन्य हैं कि माँ ने हमें इस महान आत्मा को जन्म देने का अवसर दिया है।"

इसी बीच, महर्षि अद्वैतानंद ने गहरी समाधि में लीन होने का निर्णय लिया। एक दिन उन्होंने काश्वी और माधव को बुलाया और कहा, "वत्से, अब मुझे गहरी समाधि में लीन होना है। यह समाधि कब तक चलेगी कोई पता नहीं। इस दौरान मैं बाह्य जगत से संपर्क विच्छेद कर लूँगा।"

काश्वी ने चिंतित स्वर में पूछा, "गुरुदेव, क्या आप इतने लंबे समय तक बिना भोजन-जल के रह सकेंगे?"

महर्षि मुस्कुराए, "वत्से, समाधि की अवस्था में यह शरीर भोजन-जल से नहीं, दिव्य ऊर्जा से संचालित होता है। तुम चिंता न करो। मंदिर और तुम दोनों की देखभाल का दायित्व अब तुम्हारे ऊपर है।"

माधव ने विनम्रतापूर्वक कहा, "गुरुदेव, हम आपकी आज्ञा का पालन करेंगे। आप निश्चिंत होकर समाधि में लीन हो जाएँ।"

अगले दिन महर्षि समाधि में लीन हो गए। उन्होंने मंदिर के एकान्त कक्ष में प्रवेश किया और गहरी समाधि में डूब गए।

काश्वी और माधव नियमित रूप से उनके कक्ष के बाहर जाते और प्रार्थना करते, परंतु महर्षि पूर्णतः समाधिस्थ रहते।

नौ महीने पूरे होने पर काश्वी ने एक तेजस्वी पुत्र को जन्म दिया। जन्म के समय ही उस बालक के मुखमंडल पर एक अद्भुत तेज था। उसकी आँखें बड़ी-बड़ी और विवेकपूर्ण थीं, मानो वह समस्त ब्रह्मांड के रहस्यों को जानता हो।

माधव ने नवजात शिशु को गोद में लेकर आँसू बहाए। "प्रिय, देखो! माँ का वरदान साकार हो गया। यह बालक साधारण नहीं है।"

काश्वी ने कमजोर स्वर में कहा, "हाँ स्वामी, मैंने जन्म के समय ही सपने में माँ को देखा। वह इस बालक को आशीर्वाद दे रही थीं।"

बालक का नामकरण संस्कार हुआ। महर्षि समाधि में होने के कारण स्वयं उपस्थित नहीं हो सके, परंतु काश्वी और माधव ने बालक का नाम "आदित्य" रखा सूर्य के समान तेजस्वी।

आदित्य धीरे-धीरे बड़ा होने लगा। वह साधारण बालकों से भिन्न था। जब अन्य बालक खेलते-कूदते, तो आदित्य प्रकृति के बीच बैठकर ध्यानमग्न हो जाता। उसके प्रश्न इतने गहन होते कि काश्वी और माधव चकित रह जाते।

एक दिन आदित्य ने पूछा, "माँ, यह चिड़िया कहाँ से आती है? और यह नदी कहाँ जाती है? क्या सब कुछ माँ विंध्यवासिनी ने बनाया है?"

काश्वी हैरान रह गई। इतने छोटे बालक के मन में इतने गहन प्रश्न!

एक दिन की बात है। माधव पड़ोसी राज्य में सामान बेचने गया हुआ था। संयोग से उस दिन राजा महेंद्र प्रताप का एक मंत्री भी उसी बाजार में आया हुआ था। मंत्री ने माधव को पहचान लिया।

मंत्री का नाम शुभ्रांशु था। वह दयालु और न्यायप्रिय था। उसने माधव को देखकर उसे पास बुलाया। "माधव, तुम हो न? राजकुमारी काश्वी के प्रेमी?"

माधव भयभीत हो गया। "महोदय, कृपया मुझे क्षमा करें। मैं"

शुभ्रांशु ने मुस्कुराकर कहा, "डरो मत माधव। मैं तुम्हारा कुछ अहित नहीं करूँगा। मैंने सुना है कि राजकुमारी काश्वी भी तुम्हारे साथ है। क्या यह सच है?"

माधव ने सच्चाई स्वीकार करते हुए कहा, "हाँ महोदय, काश्वी मेरे साथ है। हम माँ विंध्यवासिनी के मंदिर में रहते हैं।"

शुभ्रांशु ने गंभीर होकर कहा, "माधव, राजा महेंद्र प्रताप को इस बात का पता नहीं है। परंतु क्या मैं एक बार राजकुमारी से मिल सकता हूँ? मैं उनकी सुरक्षा सुनिश्चित करना चाहता हूँ।"

माधव ने विश्वास जताते हुए कहा, "आप आ सकते हैं महोदय, परंतु कृपया इस बात का ख्याल रखें कि राजा को इसकी भनक न लगे।"

अगले दिन शुभ्रांशु साधारण वेशभूषा में मंदिर पहुँचा। जब उसने काश्वी को देखा, तो वह अवाक् रह गया। काश्वी का रूप पहले से भी अधिक दिव्य और तेजस्वी हो गया था। और जब उसने आदित्य को देखा, तो उसकी आँखें भर आईं।

"राजकुमारी!" शुभ्रांशु ने भावुक होकर कहा, "आप सुरक्षित हैं! यह बालक?"

काश्वी ने मुस्कुराकर कहा, "शुभ्रांशु जी, यह मेरा पुत्र आदित्य है। माँ विंध्यवासिनी का वरदान।"

शुभ्रांशु आदित्य के पास गया। बालक ने निर्भीक होकर उसकी ओर देखा। शुभ्रांशु ने कहा, "यह बालक साधारण नहीं है। इसके नेत्रों में एक अद्भुत तेज है।"

काश्वी ने पूरी कहानी शुभ्रांशु को सुनाई कैसे माँ ने उन्हें वरदान दिया, कैसे महर्षि अद्वैतानंद ने उनका विवाह कराया, और कैसे आदित्य का जन्म हुआ।

शुभ्रांशु ने गहरी सांस लेकर कहा, "राजकुमारी, मैं यह समाचार राजा तक पहुँचाऊँगा। राजा को गहरा पश्चाताप है। उन्होंने कई बार आपको याद किया है।"

काश्वी ने विनम्रतापूर्वक कहा, "शुभ्रांशु जी, कृपया पिता को बताएँ कि मैं सकुशल हूँ और मुझे कोई शिकायत नहीं है।"

शुभ्रांशु ने वापस लौटकर राजा महेंद्र प्रताप को सारी बात बताई। राजा ने जब सुना कि उनकी पुत्री सुरक्षित है और उनका एक पौत्र भी है, तो वह भावुक हो उठे।

"काश्वी मेरी पुत्री" राजा की आँखों से आँसू बह निकले।

राजा को गहरा पश्चाताप हुआ। उस रात वह सो नहीं पाए। उन्होंने सपने में माँ भवानी के दर्शन किए। माँ ने कहा, "हे राजन, तेरी पुत्री का पुत्र ही तेरे राज्य का उत्तराधिकारी बनेगा। उसे राजगद्दी पर बैठा। यह मेरी आज्ञा है।"

प्रातःकाल होते ही राजा ने शुभ्रांशु को बुलाया। "शुभ्रांशु, मैं आज ही विंध्यवासिनी मंदिर जाऊँगा। मुझे अपनी पुत्री और पौत्र से मिलना है।"

शुभ्रांशु ने खुशी से सिर हिलाया। "महाराज, यह अत्यंत शुभ समाचार है।"

राजा महेंद्र प्रताप साधारण वेशभूषा में, बिना किसी राजसी ठाठ-बाट के, अकेले ही मंदिर पहुँचे। जब उन्होंने काश्वी को देखा, तो उनकी आँखें भर आईं।

काश्वी मंदिर के प्रांगण में आदित्य को खिला रही थी। जब उसने राजा को देखा, तो वह ठिठक गई। "पिता श्री!"

राजा ने बिना कुछ कहे काश्वी के चरणों में गिरकर क्षमा माँगी। "काश्वी, मुझे क्षमा कर दो। मैंने तुम्हारे साथ अन्याय किया।"

काश्वी ने तुरंत उन्हें उठाया। "पिता, ऐसा न कहें। आपने जो कुछ किया, वह अपने धर्म के अनुसार किया। मुझे कोई शिकायत नहीं है।"

तभी आदित्य वहाँ आया। उसने निर्भीक होकर राजा की ओर देखा। राजा ने आदित्य को गोद में उठा लिया। "यह यह मेरा पौत्र है?"

काश्वी ने मुस्कुराकर कहा, "हाँ पिता, यह आदित्य है। माँ विंध्यवासिनी का वरदान।"

राजा ने आदित्य को गले लगा लिया। आदित्य ने भी राजा को प्यार से स्पर्श किया। ऐसा लग रहा था मानो दोनों के बीच एक अदृश्य बंधन है।

इसी समय महर्षि अद्वैतानंद का समाधि काल पूरा हुआ। पाँच वर्षों की गहन समाधि के बाद वह समाधि से उठे। जब वह कक्ष से बाहर आए, तो उन्होंने राजा को काश्वी और आदित्य के साथ देखा।

महर्षि के चेहरे पर एक दिव्य प्रकाश था। वह मुस्कुराए और बोले, "स्वागत है, महाराज। मैं जानता था कि एक दिन आप अवश्य आएँगे।"

राजा ने महर्षि के चरण स्पर्श किए। "महर्षि, आपके आशीर्वाद से मुझे अपनी गलती का एहसास हुआ है।"

महर्षि ने कहा, "महाराज, यह माँ की इच्छा थी। सब कुछ उनकी लीला है।"

महर्षि ने काश्वी, माधव और राजा को बैठकर विचार-विमर्श करने को कहा। महर्षि बोले, "महाराज, अब आपको निर्णय लेना है। काश्वी और माधव यहीं रहें या राजमहल लौटें?"

राजा ने कहा, "महर्षि, मैं चाहता हूँ कि काश्वी और माधव राजमहल लौटें। आदित्य को राज्य का उत्तराधिकारी बनाया जाए।"

काश्वी ने विनम्रतापूर्वक कहा, "पिता, हम इस वन और मंदिर में बहुत सुखी हैं। यही हमारा सच्चा घर है।"

माधव ने भी सहमति जताई, "महाराज, हमें राजसी वैभव की आवश्यकता नहीं है।"

परंतु महर्षि ने समझाया, "वत्से, यह केवल तुम्हारे सुख की बात नहीं है। यह राज्य के कल्याण की बात है। आदित्य को राज्य का उत्तराधिकारी बनना ही है, क्योंकि यह माँ की इच्छा है। और तुम्हें राज्य की प्रभा का दायित्व संभालना ही होगा, क्योंकि यह तुम्हारा धर्म है।"

महर्षि ने आगे कहा, "माँ के वरदान को फलीभूत होना ही था। माधव, तुम्हारे विषय में एक रहस्य और है।"

महर्षि ने गंभीर स्वर में कहा, "माधव, तुम केवल एक माली का शिष्य नहीं हो। तुम्हारा जन्म भी राजवंश में हुआ था।"

सभी हैरान रह गए। माधव ने अविश्वास से कहा, "महर्षि, यह कैसे संभव है?"

महर्षि ने कहानी सुनाई, "बहुत वर्ष पहले, पड़ोसी राज्य के राजा का एक पुत्र हुआ था। उसके जन्म के समय ही ज्योतिषियों ने यह भविष्यवाणी की थी कि यह बालक बड़ा होकर एक महान और न्यायप्रिय सम्राट बनेगा परंतु नियति में लिखा था कि उसे कुछ वर्ष वन में रहकर कठिन तप और संघर्ष करना होगा।

राज्य में उत्सव का माहौल था, पर उसी बीच षड्यंत्र के बादल घिर आए। राजा का कपटी और महत्वाकांक्षी मंत्री, जो स्वयं राजसिंहासन पर बैठने का स्वप्न देखता था, उस भविष्यवाणी से भयभीत हो उठा। एक रात उसने छल और विश्वासघात से राजा की हत्या कर दी और स्वयं राज्य पर अधिकार कर लिया।

रानी को जब यह समाचार मिला, तो उसका हृदय शोक और भय से कांप उठा। वह जानती थी कि अब अगला निशाना उसका बालक माधव होगा। अपने पुत्र की रक्षा के लिए उसने उसे अपने विश्वासपात्र, माली महेश दास, को सौंप दिया और कहा, “इस बालक को किसी सुरक्षित स्थान पर ले जाओ, जहाँ इन षड्यंत्रकारियों की दृष्टि न पहुँच सके।”

महेश दास ने रानी की आज्ञा शिरोधार्य की। वह रात्रि के अंधकार में शिशु माधव को अपनी गोद में उठाए घने जंगलों से होकर भाग निकला। दिनों तक भटकने के बाद वह

विंध्यगढ़ में जा बसा, जहाँ उसने माधव का पालन-पोषण किया। उधर, जब रानी को यह ज्ञात हुआ कि मंत्री ने सैनिकों को उनके पीछे भेजा है, तब उसने यह जानते हुए भी कि अब बचाव संभव नहीं, अपने पति के साथ सती हो जाने का निर्णय लिया। उसकी चिता की लपटों में जैसे संपूर्ण राज्य की करुणा और अन्याय की ज्वाला एक साथ जल उठी। तब से माधव उसी वृद्ध माली के साथ विंध्यगढ़ के वन-आश्रम में पला-बढ़ा"

माधव स्तब्ध रह गया। "तो महेश काका वे मेरे पिता नहीं थे?"

महर्षि ने सिर हिलाया, "वे तुम्हारे संरक्षक थे। माँ भवानी के वरदान से तुम्हें राजा बनना ही था। जिसकी रक्षा माँ करें, उसका कोई क्या बिगाड़ सकता है?"

अब सभी को समझ आ गया कि यह सब माँ की लीला थी। महर्षि ने काश्वी को विदाई देते हुए कहा, "वत्से, अब तुम्हें जाना होगा। सदा धर्म पर चलना। इस राज्य को तुम्हारे और माधव के मार्गदर्शन की आवश्यकता है।"

काश्वी और माधव ने महर्षि का आशीर्वाद लिया। दोनों दंपति ने मंदिर में अंतिम प्रार्थना की और राज्य की ओर प्रस्थान किया।

राजा महेंद्र प्रताप ने पश्चाताप से भरकर सन्यास लेने का निर्णय लिया। "मैंने अपने जीवन में बहुत भूल की है। अब मैं शेष जीवन भक्ति में बिताऊँगा।"

विंध्यगढ़ के राजमहल में भव्य समारोह हुआ। माधव और काश्वी का राज्याभिषेक हुआ। आदित्य को युवराज घोषित किया गया। समस्त प्रजा ने नए राजा और रानी का स्वागत किया।

माधव और काश्वी ने धर्मपूर्वक शासन करना आरंभ किया। उन्होंने न्याय, दया और प्रेम को राज्य का आधार बनाया। आदित्य की शिक्षा-दीक्षा का विशेष प्रबंध किया गया, ताकि वह भविष्य में एक आदर्श शासक बन सके।

माँ विंध्यवासिनी का वरदान पूर्णतः फलीभूत हुआ। काश्वी को उसका प्रेम मिला, उसे अखंड सौभाग्य प्राप्त हुआ, उसका पुत्र तेजस्वी और धर्मपरायण हुआ, और अंततः उसे माँ के धाम की प्राप्ति का मार्ग भी प्रशस्त हुआ।

विंध्यगढ़ की यह गाथा समय के साथ एक पवित्र किंवदंती बन गई, एक ऐसी गाथा जिसमें प्रेम ने सभी बाधाओं को पार किया, भक्ति ने सभी संकटों का सामना किया, और सत्य ने अंततः विजय पाई। काश्वी और माधव का प्रेम केवल उनका नहीं रहा वह समस्त विंध्यक्षेत्र के लिए प्रेरणा

का स्रोत बन गया। और आज भी जब कोई विंध्याचल के उस प्राचीन मंदिर में जाता है, तो उसके भी सभी समस्याओं का समाधान निश्चित रूप से होता है।

www.ingramcontent.com/pod-product-compliance
Lightning Source LLC
LaVergne TN
LVHW060142051026
849517LV00007B/2528